唯美诗词佳句

大美诗笺

精雅彩笺名品

金墨◎主编

线装书局

留纸上岁月
趁诗酒年华

古时两地山遥水远，彼此间诗文唱和、传情达意，全凭鱼雁传书。『昨夜西风凋碧树，独上高楼，望尽天涯路。欲寄彩笺兼尺素，山长水阔知何处？』在婉约词派诸多怀远伤离之作中，晏殊此句不仅情致深婉，还极富寥廓高远之境，这里欲寄的彩笺，即指题诗的笺纸，尺素亦指书信。

笺纸，亦称诗笺、花笺，又有彩笺、锦笺之誉，是指供题诗、写信功用的小幅纸张。常以传统的雕版印刷方法，在宣纸上印以精美、浅淡的图饰，作为传抄诗作或书札往来的纸张。

笺纸源起于六朝，东晋时即有五色凤诏。唐代女诗人薛涛曾采集百年芙蓉树的花瓣与树皮，抄造出光洁的纸张，精制成深红色的『浣花笺』，以十张为一扎，长宽适度，便于随时取用，于是『裁书共吟，献酬豪杰』，遂风行一时，流传后世。诗笺虽尺幅不大，却集诗词、书法、绘画、篆刻于一体，或清新淡雅，或古朴凝重，赋诗为文意趣无限，展观品读愉情悦目，故备受历代文人雅士钟爱。

诗笺发展历经元代的『谢公笺』、明代中叶的『谈笺』，再到明末花笺高峰：出现了吴发祥的《萝轩变古笺谱》，胡正言的《十竹斋笺谱》。笺纸最后的繁盛阶段是在民国初期。当时文人画兴起，陈师曾、张大千、齐白石、溥心畬诸多画家均涉足笺纸制作，笺纸图画内容也细分为山水、花鸟、人物、草虫、博古等等，成一时之盛。同时，刻印高手众多，风格细腻流畅，用色匀称妍雅，加之取用上好宣纸，精良的木版水印技术，使得所制笺纸达到了精美绝伦的程度，京城印制笺谱的店铺如荣宝斋、清秘阁等也赢得了名画、名店、名刻、名印四绝之誉。鲁迅和郑振铎还合编了《北平笺谱》。

笺纸不仅体现出中国传统雕版印刷的艺术成就，也成为记录传统文化的重要文献形式。历代文人

墨客或题诗入笺，挥毫万字，或红笺小字，说尽相思。这些清丽词句和精妙笔墨，挥洒在雅致笺纸上，诗情画意，词翰双美，互相映衬，熠熠生辉。

中国素有诗国之称，诗词是中国文学的精华。千百年来，一直有『诗教』之说，从科考应试到诗酒酬唱，从宫室朱阁到街头巷尾，大量经典诗词被人们吟咏传诵，成为中国人文化基因的重要组成部分。这些脍炙人口、普及率极高的古诗词，是诗人、词人按照严格的韵律、精炼的语言、绵密的章法、充沛的情感以及丰富的意象来高度集中表现出的世间百态与精神境界，首首凝练隽永，启人心智。

本书收录的百余种清末民初笺纸均为流轶海外的珍品，每一枚都由名店、名家绘制，格调高雅，印艺精良，罗致了仙佛仕女、湖山竹树、舟桥汀洲、花卉蔬果、鸟兽虫鱼、汉瓦周壶等多样题材，意趣盎然、精彩纷呈。每帧笺纸都堪称一件清俊疏朗的艺术品。本书同时遴选唐宋诗词近三百首，按作者编年排序，并提列出诗词中的经典佳句，配以意境相契的国画点景小品，诗情画意，赏心悦目，令人置身于古典文艺术审美之境，陶然忘机。

『天地有大美而不言』，方寸笺纸，含蕴大千，尺素风雅，笔简意长，又何尝不是大美！

今日你我，虽不再用鱼雁传书，仍可于喧嚣中，静虑沉心，研墨舔笔，在诗笺的轻浪萍花、鹃声雨梦间，书写胸中锦绣，尽享笔底时光。或展卷诵读，在古诗词里，读取古意和静气，烟火和尘埃，领略精神与风骨，趣味与情怀。在字里行间明心见性，在尺素风雅中，『对一张琴，一壶酒，一溪云』。

壹墨

目录

诗

唐

诗

树树皆秋色
山山唯落晖

野望

【唐】王绩

东皋薄暮望，徙倚欲何依。树树皆秋色，山山唯落晖。
牧人驱犊返，猎马带禽归。相顾无相识，长歌怀采薇。

洞庭秋月

凌朝浮江旅思

【唐】韦承庆

天晴上初日，春水送孤舟。山远疑无树，潮平似不流。
岸花开且落，江鸟没还浮。羁望伤千里，长歌遣四愁。

山远疑无树　潮平似不流

石湖煙雨
柳谷

云霞出海曙
梅柳渡江春

和晋陵陆丞早春游望

【唐】杜审言

独有宦游人，偏惊物候新。
云霞出海曙，梅柳渡江春。
淑气催黄鸟，晴光转绿苹。
忽闻歌古调，归思欲沾巾。

清夜荷香
柳谷

江畔何人初见月
江月何年初照人

春江花月夜

【唐】张若虚

春江潮水连海平，海上明月共潮生。
滟滟随波千万里，何处春江无月明！
江流宛转绕芳甸，月照花林皆似霰；
空里流霜不觉飞，汀上白沙看不见。
江天一色无纤尘，皎皎空中孤月轮。
江畔何人初见月？江月何年初照人？
人生代代无穷已，江月年年望相似。
不知江月待何人，但见长江送流水。
白云一片去悠悠，青枫浦上不胜愁。
谁家今夜扁舟子？何处相思明月楼？
可怜楼上月徘徊，应照离人妆镜台。
玉户帘中卷不去，捣衣砧上拂还来。
此时相望不相闻，愿逐月华流照君。
鸿雁长飞光不度，鱼龙潜跃水成文。
昨夜闲潭梦落花，可怜春半不还家。
江水流春去欲尽，江潭落月复西斜。
斜月沉沉藏海雾，碣石潇湘无限路。
不知乘月几人归，落月摇情满江树。

秋風葉落洞庭波
大隆祥

闲云潭影日悠悠
物换星移几度秋

滕王阁

【唐】王勃

滕王高阁临江渚，佩玉鸣鸾罢歌舞。

画栋朝飞南浦云，珠帘暮卷西山雨。

闲云潭影日悠悠，物换星移几度秋。

阁中帝子今何在，槛外长江空自流。

雷峰西照
仿石谷本
子谷

桃花溪

【唐】张旭

隐隐飞桥隔野烟，石矶西畔问渔船。
桃花尽日随流水，洞在清溪何处边。

桃花尽日随流水　洞在清溪何处边

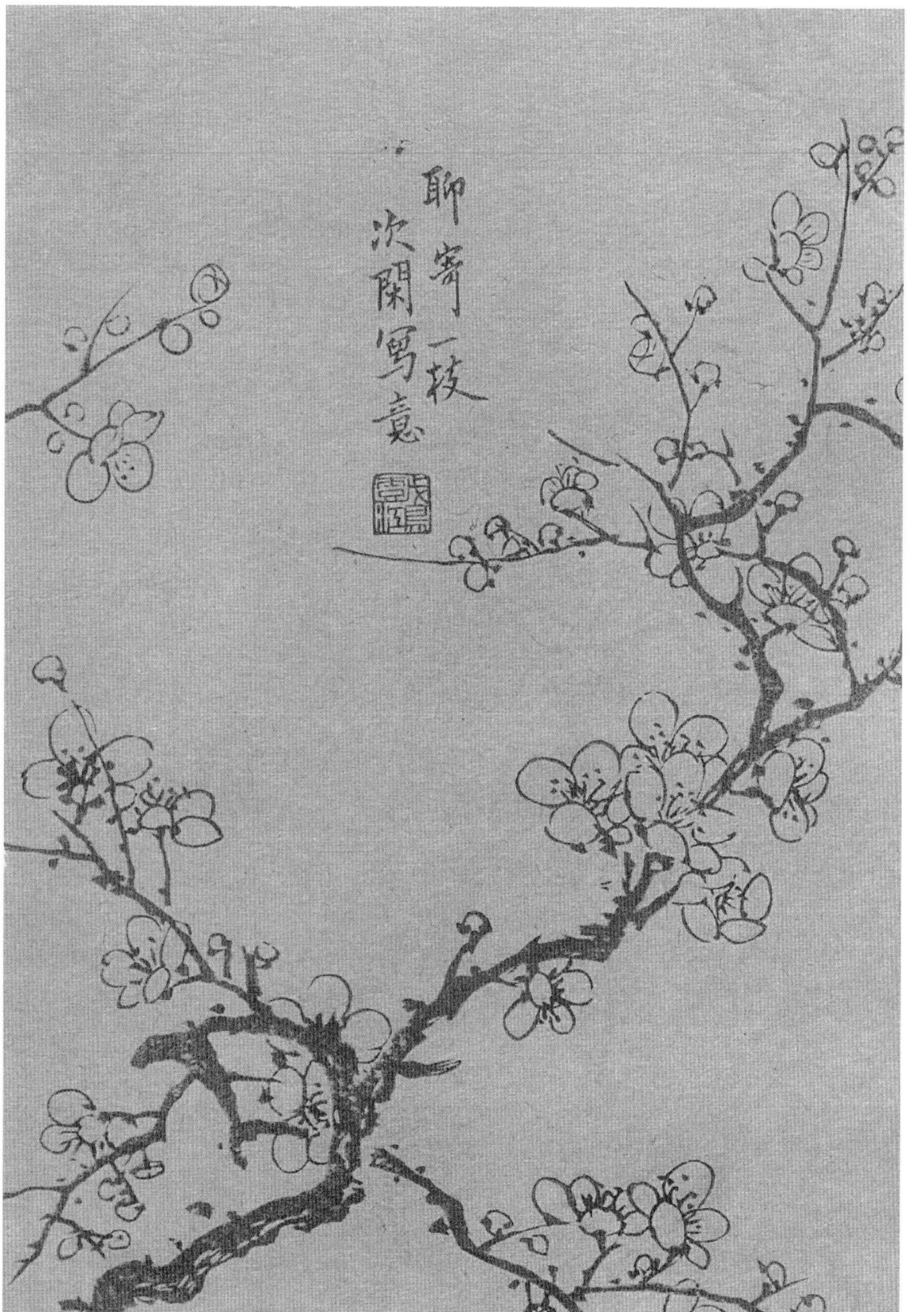
聊寄一枝
次閑寫意

感遇十二首·其一

【唐】张九龄

兰叶春葳蕤，桂华秋皎洁。
欣欣此生意，自尔为佳节。
谁知林栖者，闻风坐相悦。
草木有本心，何求美人折。

赋得自君之出矣

【唐】张九龄

自君之出矣，不复理残机。
思君如满月，夜夜减清辉。

待鳳石

壽萱仿素園石譜

【唐】孟浩然

望洞庭湖赠张丞相

八月湖水平，涵虚混太清。
气蒸云梦泽，波撼岳阳城。
欲济无舟楫，端居耻圣明。
坐观垂钓者，徒有羡鱼情。

宿桐庐江寄广陵旧游

山暝闻猿愁，沧江急夜流。
风鸣两岸叶，月照一孤舟。
建德非吾土，维扬忆旧游。
还将两行泪，遥寄海西头。

春中喜王九相寻

二月湖水清，家家春鸟鸣。
林花扫更落，径草踏还生。
酒伴来相命，开尊共解醒。
当杯已入手，歌妓莫停声。

断　句

微云淡河汉，疏雨滴梧桐。
逐逐怀良驭，萧萧顾乐鸣。

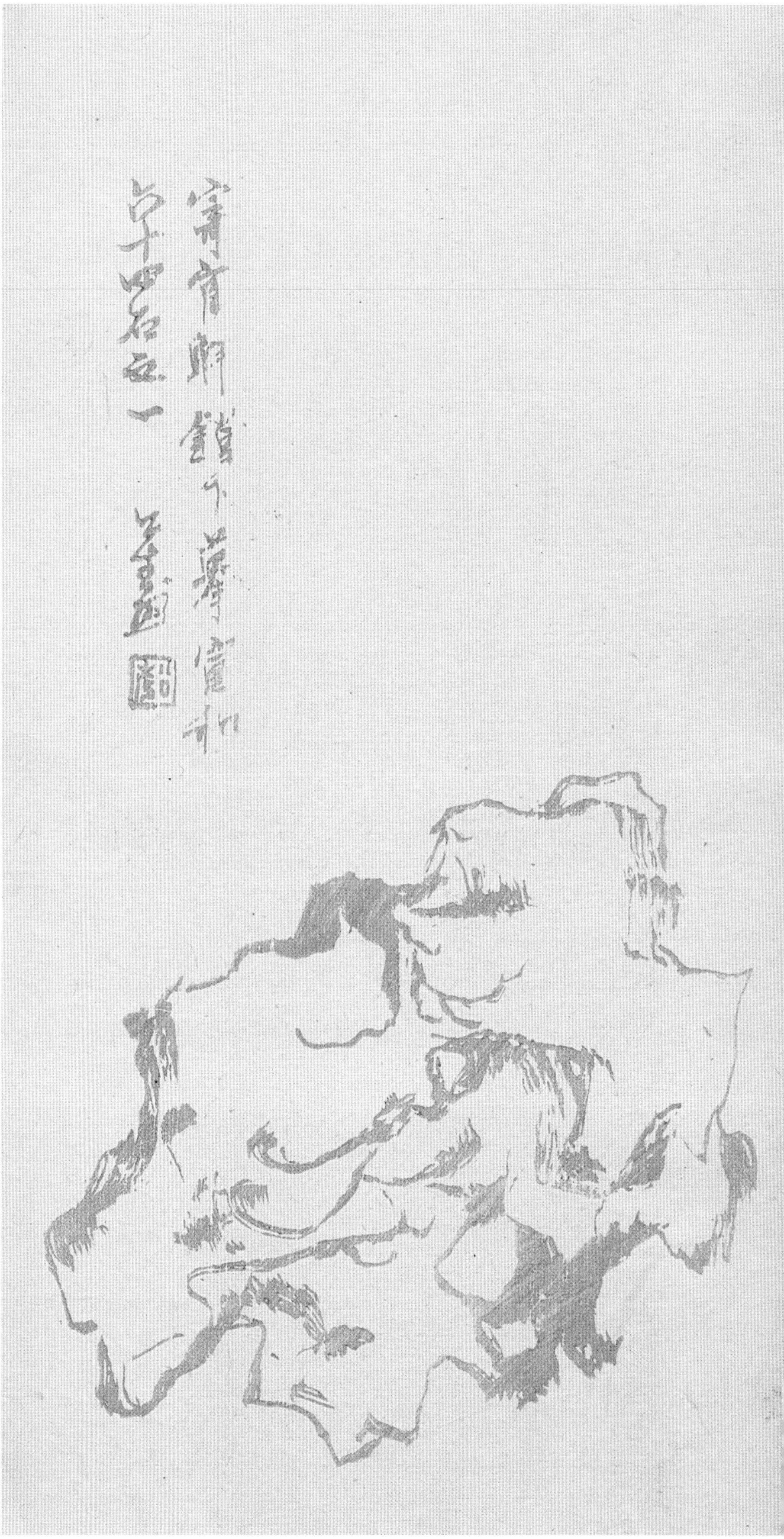

鸿雁不堪愁里听
云山况是客中过

送魏万之京

【唐】李颀

朝闻游子唱离歌，
昨夜微霜初渡河。
鸿雁不堪愁里听，
云山况是客中过。
关城树色催寒近，
御苑砧声向晚多。
莫见长安行乐处，
空令岁月易蹉跎。

典屬國蘇子卿
震華

潮平两岸阔
风正一帆悬
海日生残夜
江春入旧年

次北固山下

【唐】王湾

客路青山外，行舟绿水前。
潮平两岸阔，风正一帆悬。
海日生残夜，江春入旧年。
乡书何处达，归雁洛阳边。

張騫
辛未秋日擬古八幀
為
蔗華製
子良

宿云门寺阁

【唐】孙逖

香阁东山下，烟花象外幽。
悬灯千嶂夕，卷幔五湖秋。
画壁馀鸿雁，纱窗宿斗牛。
更疑天路近，梦与白云游。

悬灯千嶂夕
卷幔五湖秋

實父

采莲曲二首

【唐】王昌龄

吴姬越艳楚王妃，争弄莲舟水湿衣。
来时浦口花迎入，采罢江头月送归。
荷叶罗裙一色裁，芙蓉向脸两边开。
乱入池中看不见，闻歌始觉有人来。

乱入池中看不见
闻歌始觉有人来

雲陽舍人董賢

【唐】李白

把酒问月·故人贾淳令予问之

青天有月来几时？我今停杯一问之。
人攀明月不可得，月行却与人相随。
皎如飞镜临丹阙，绿烟灭尽清辉发。
但见宵从海上来，宁知晓向云间没。
白兔捣药秋复春，嫦娥孤栖与谁邻？
今人不见古时月，今月曾经照古人。
古人今人若流水，共看明月皆如此。
唯愿当歌对酒时，月光长照金樽里。

下终南山过斛斯山人宿置酒

暮从碧山下，山月随人归。
却顾所来径，苍苍横翠微。
相携及田家，童稚开荆扉。
绿竹入幽径，青萝拂行衣。
欢言得所憩，美酒聊共挥。
长歌吟松风，曲尽河星稀。
我醉君复乐，陶然共忘机。

横吹曲辞·关山月

明月出天山，苍茫云海间。
长风几万里，吹度玉门关。
汉下白登道，胡窥青海湾。
由来征战地，不见有人还。
戍客望边色，思归多苦颜。
高楼当此夜，叹息未应闲。

将进酒

君不见黄河之水天上来，奔流到海不复回。君不见高堂明镜悲白发，朝如青丝暮成雪。人生得意须尽欢，莫使金樽空对月。天生我材必有用，千金散尽还复来。烹羊宰牛且为乐，会须一饮三百杯。岑夫子，丹丘生，将进酒，杯莫停。与君歌一曲，请君为我倾耳听。钟鼓馔玉不足贵，但愿长醉不复醒。古来圣贤皆寂寞，唯有饮者留其名。陈王昔时宴平乐，斗酒十千恣欢谑。主人何为言少钱，径须沽取对君酌。五花马，千金裘，呼儿将出换美酒，与尔同销万古愁。

滄海有靈槎
鐵梅為
戲鴻畫寫

山中问答

问余何意栖碧山，笑而不答心自闲。
桃花流水窅然去，别有天地非人间。

秋浦歌十七首·其十四

炉火照天地，红星乱紫烟。
赧郎明月夜，歌曲动寒川。

【唐】李白

月下独酌四首·其一

花间一壶酒，独酌无相亲。
举杯邀明月，对影成三人。
月既不解饮，影徒随我身。
暂伴月将影，行乐须及春。
我歌月徘徊，我舞影零乱。
醒时同交欢，醉后各分散。
永结无情游，相期邈云汉。

清平调

【唐】李白

云想衣裳花想容，春风拂槛露华浓。
若非群玉山头见，会向瑶台月下逢。
一枝红艳露凝香，云雨巫山枉断肠。
借问汉宫谁得似，可怜飞燕倚新妆。
名花倾国两相欢，常得君王带笑看。
解释春风无限恨，沉香亭北倚阑干。

云想衣裳花想容
春风拂槛露华浓

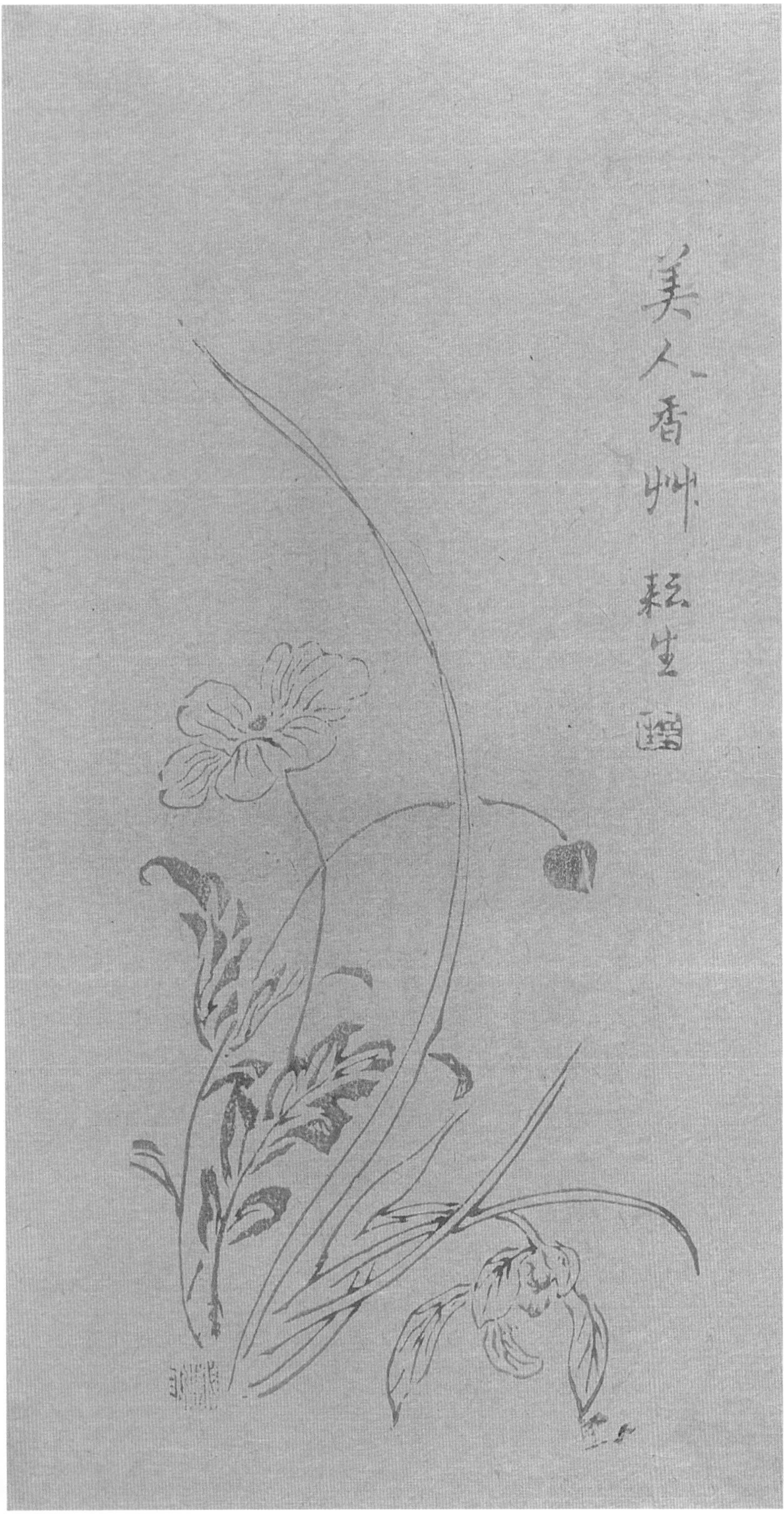
美人香艸
耘生

闻王昌龄左迁龙标遥有此寄

杨花落尽子规啼，闻道龙标过五溪。
我寄愁心与明月，随风直到夜郎西。

游洞庭湖五首·其二

南湖秋水夜无烟，耐可乘流直上天。
且就洞庭赊月色，将船买酒白云边。

陪侍郎叔游洞庭醉后三首

今日竹林宴，我家贤侍郎。
三杯容小阮，醉后发清狂。
船上齐桡乐，湖心泛月归。
白鸥闲不去，争拂酒筵飞。
划却君山好，平铺湘水流。
巴陵无限酒，醉杀洞庭秋。

山中与幽人对酌

两人对酌山花开，一杯一杯复一杯。
我醉欲眠卿且去，明朝有意抱琴来。

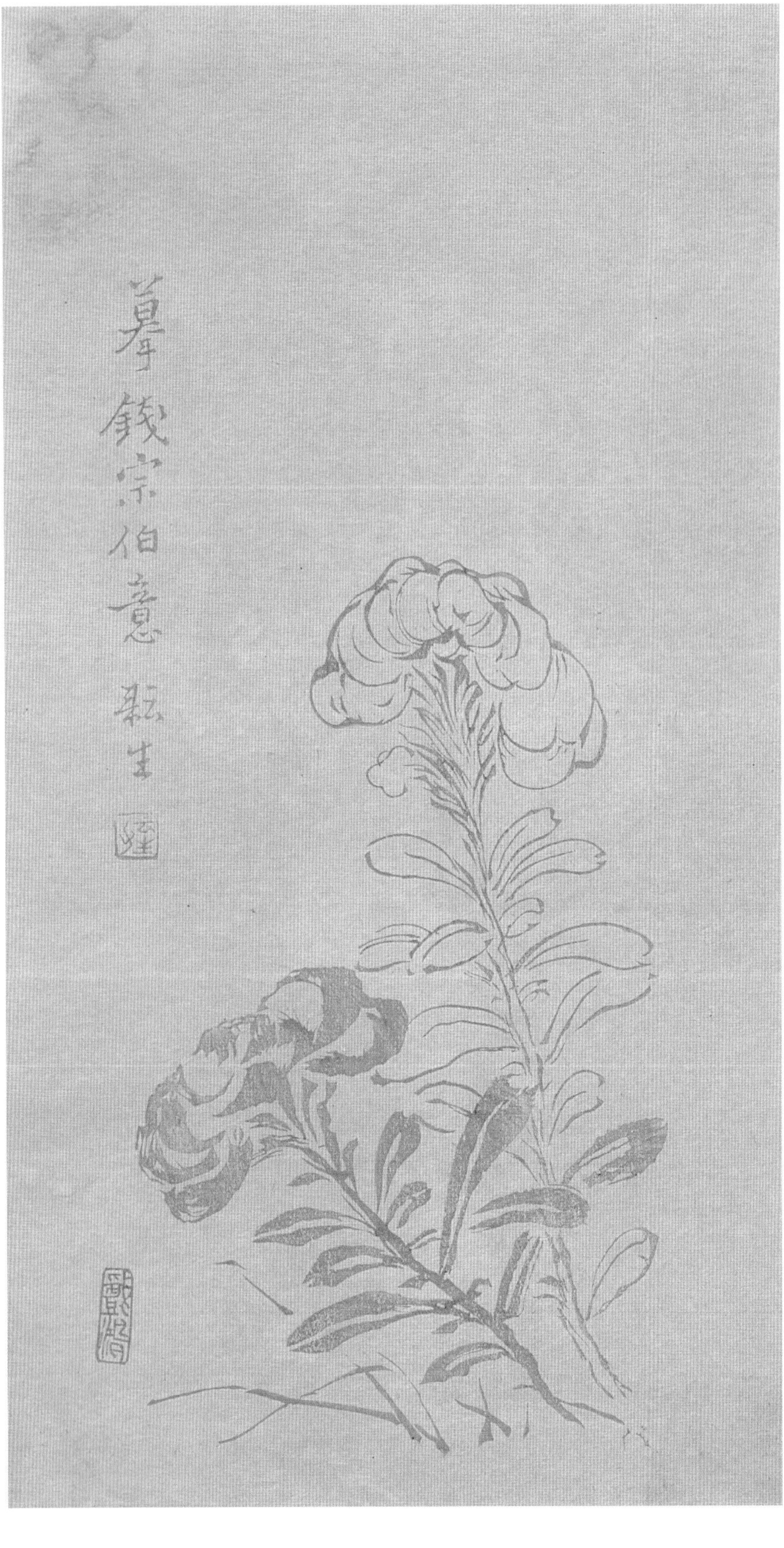
摹钱宗伯意 耘生

宫中行乐词八首·其一

寒雪梅中尽，春风柳上归。宫莺娇欲醉，檐燕语还飞。
迟日明歌席，新花艳舞衣。晚来移彩仗，行乐泥光辉。

黄鹤楼闻笛

一为迁客去长沙，西望长安不见家。
黄鹤楼中吹玉笛，江城五月落梅花。

春夜洛城闻笛

谁家玉笛暗飞声，散入春风满洛城。
此夜曲中闻折柳，何人不起故园情。

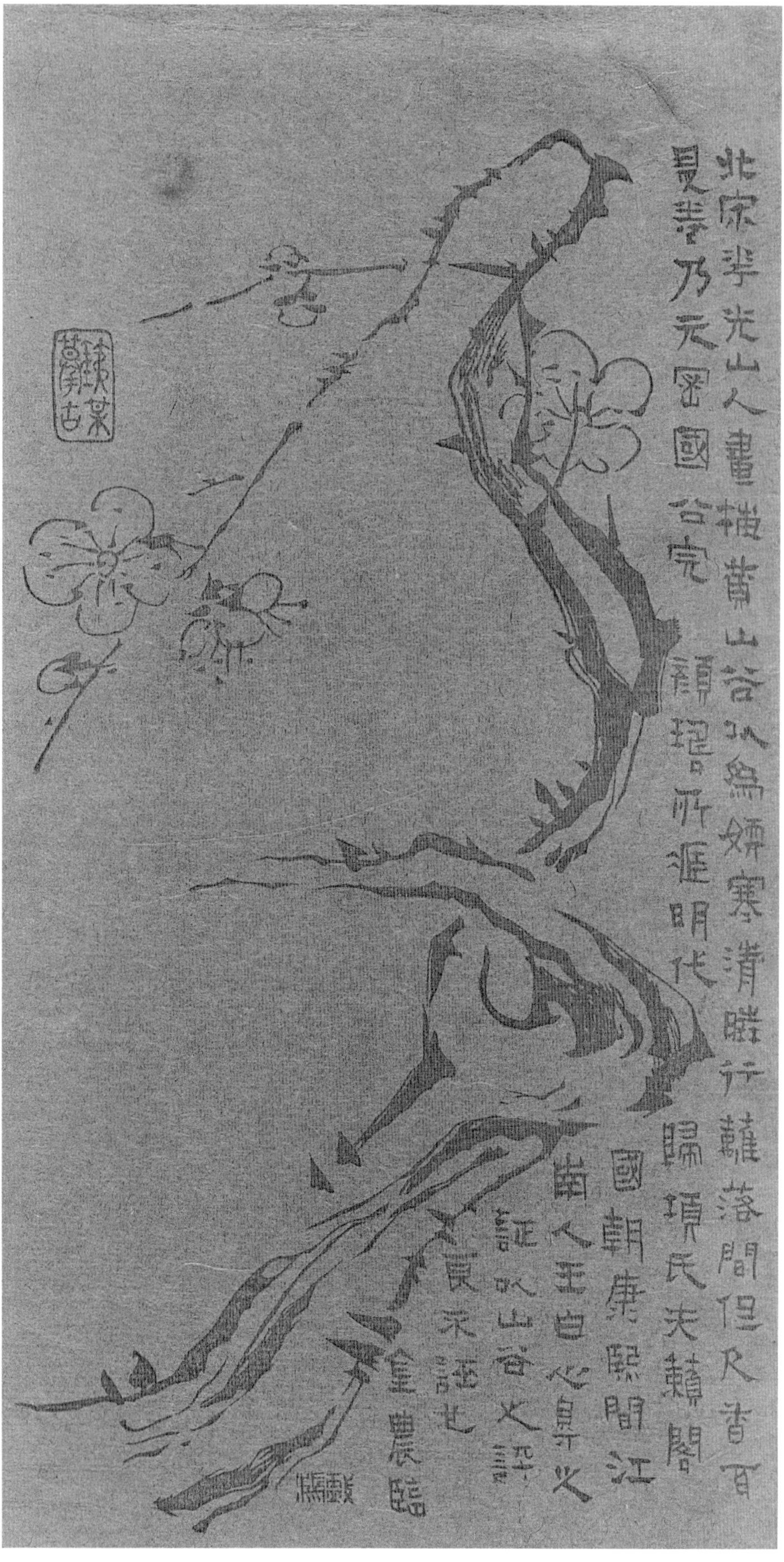
北宋華光山人畫梅黃山谷以為嫣寒清曉行籬落間但欠香耳
是卷乃元密國公完顏璹所遺明代
歸項氏天籟閣
國朝康熙間江
南人王白心摹之
証以山谷之評
真不誣也
金農臨

【唐】李白

赠孟浩然

吾爱孟夫子，风流天下闻。
红颜弃轩冕，白首卧松云。
醉月频中圣，迷花不事君。
高山安可仰，徒此揖清芬。

送友人

青山横北郭，白水绕东城。此地一为别，孤蓬万里征。
浮云游子意，落日故人情。挥手自兹去，萧萧班马鸣。

渡荆门送别

渡远荆门外，来从楚国游。
山随平野尽，江入大荒流。
月下飞天镜，云生结海楼。
仍怜故乡水，万里送行舟。

送友人入蜀

见说蚕丛路，崎岖不易行。
山从人面起，云傍马头生。
芳树笼秦栈，春流绕蜀城。
升沉应已定，不必问君平。

秋登宣城谢朓北楼

江城如画里，山晚望晴空。
两水夹明镜，双桥落彩虹。
人烟寒橘柚，秋色老梧桐。
谁念北楼上，临风怀谢公。

听蜀僧濬弹琴

蜀僧抱绿绮，西下峨眉峰。
为我一挥手，如听万壑松。
客心洗流水，馀响入霜钟。
不觉碧山暮，秋云暗几重。

伯年寫

明月松间照
清泉石上流

山居秋暝

【唐】王维

空山新雨后，天气晚来秋。
明月松间照，清泉石上流。
竹喧归浣女，莲动下渔舟。
随意春芳歇，王孙自可留。

華雞足鐙

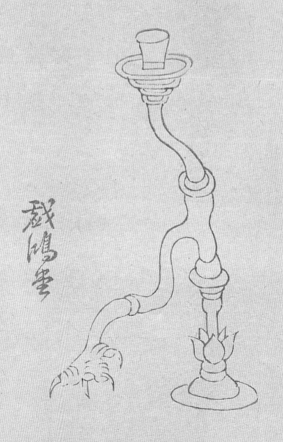

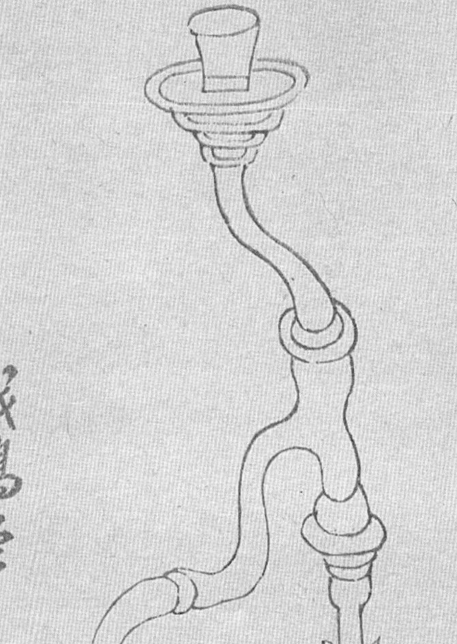

戲鴻畫

过香积寺

【唐】王维

不知香积寺，数里入云峰。古木无人径，深山何处钟。
泉声咽危石，日色冷青松。薄暮空潭曲，安禅制毒龙。

酬张少府

【唐】王维

晚年唯好静，万事不关心。自顾无长策，空知返旧林。
松风吹解带，山月照弹琴。君问穷通理，渔歌入浦深。

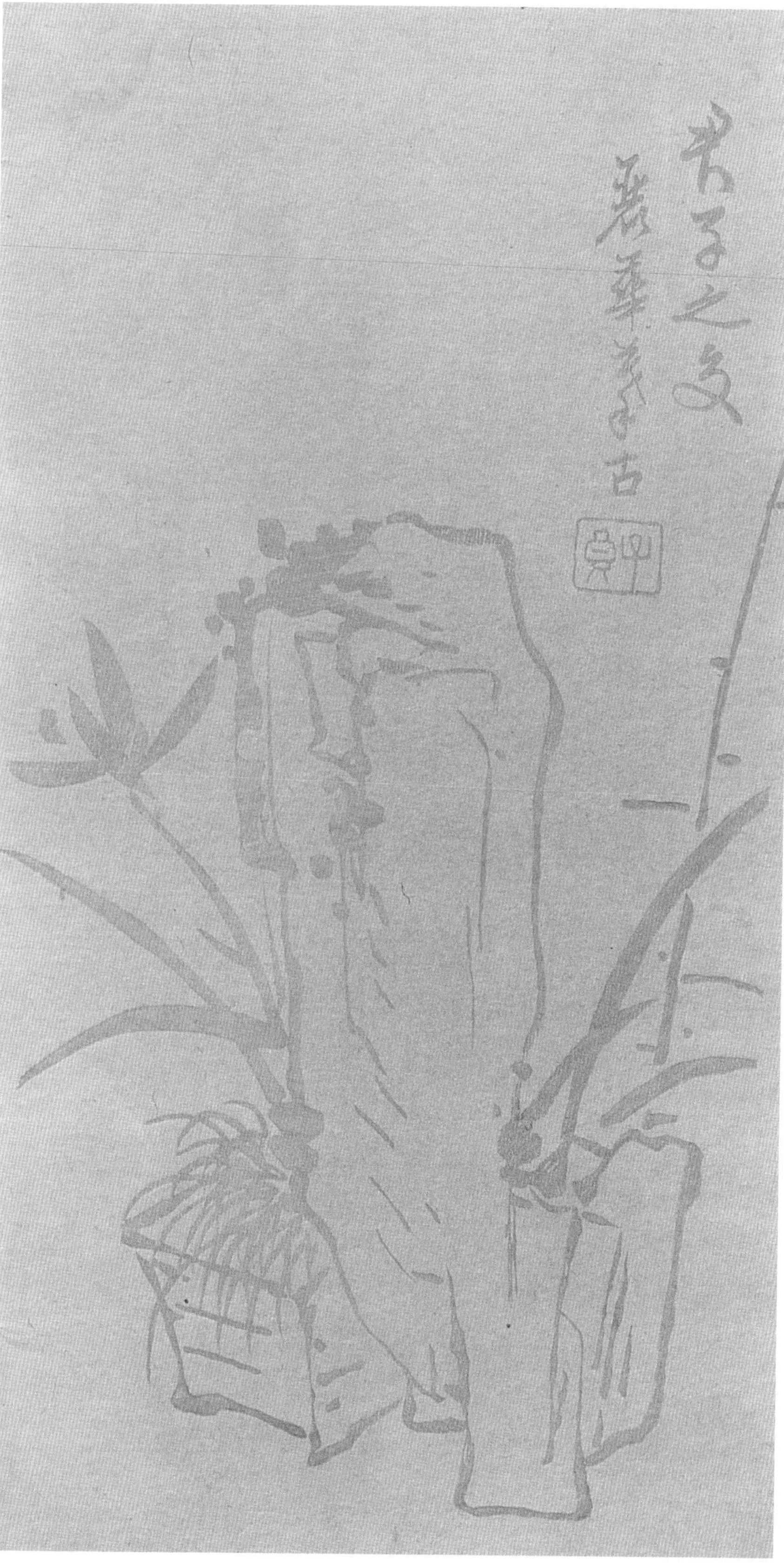
君子之交

终南别业

【唐】王维

中岁颇好道，晚家南山陲。兴来每独往，胜事空自知。
行到水穷处，坐看云起时。偶然值林叟，谈笑无还期。

辋川闲居赠裴秀才迪

【唐】王维

寒山转苍翠，秋水日潺湲。倚杖柴门外，临风听暮蝉。
渡头馀落日，墟里上孤烟。复值接舆醉，狂歌五柳前。

终南山

【唐】王维

太乙近天都，连山接海隅。白云回望合，青霭入看无。
分野中峰变，阴晴众壑殊。欲投人处宿，隔水问樵夫。

汉江临泛

【唐】王维

楚塞三湘接，荆门九派通。江流天地外，山色有无中。
郡邑浮前浦，波澜动远空。襄阳好风日，留醉与山翁。

大漠孤烟直
长河落日圆

使至塞上

【唐】王维

单车欲问边，属国过居延。
征蓬出汉塞，归雁入胡天。
大漠孤烟直，长河落日圆。
萧关逢候吏，都护在燕然。

送梓州李使君

【唐】王维

万壑树参天，千山响杜鹃。山中一夜雨，树杪百重泉。
汉女输橦布，巴人讼芋田。文翁翻教授，不敢倚先贤。

山中一夜雨　树杪百重泉

鹿柴

【唐】王维

空山不见人，但闻人语响。
返景入深林，复照青苔上。

竹里馆

【唐】王维

独坐幽篁里，弹琴复长啸。
深林人不知，明月来相照。

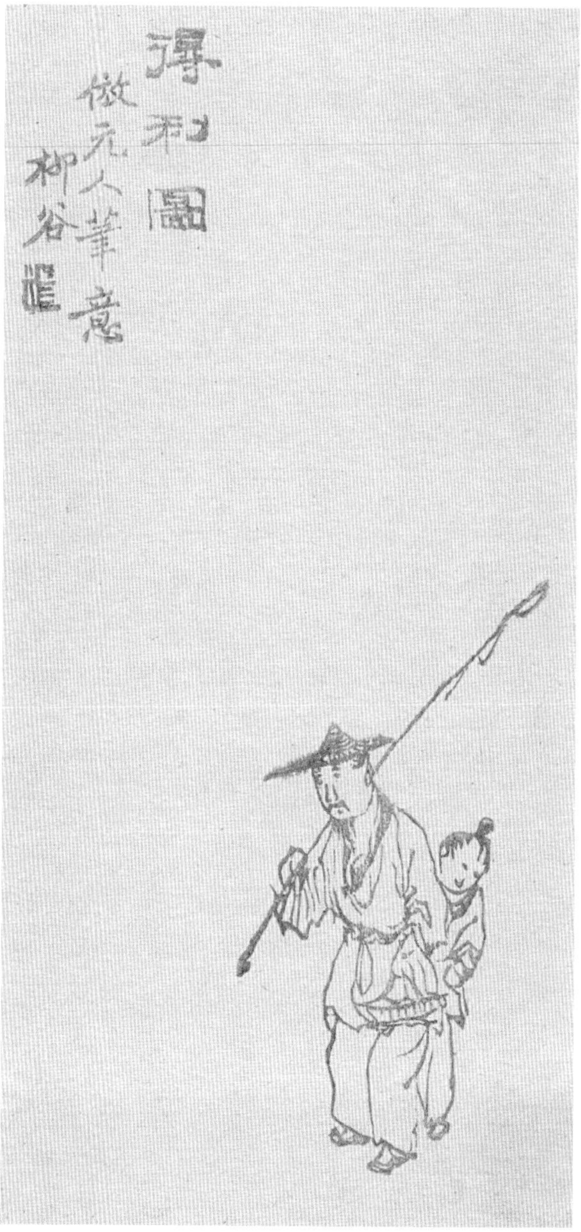
得利圖
倣元人筆意
柳谷

【唐】王维

田园乐七首

（一作辋川六言，第六首一作皇甫曾诗）

厌见千门万户，经过北里南邻。官府鸣珂有底，崆峒散发何人。

再见封侯万户，立谈赐璧一双。讵胜耦耕南亩，何如高卧东窗。

采菱渡头风急，策杖林西日斜。杏树坛边渔父，桃花源里人家。

萋萋春草秋绿，落落长松夏寒。牛羊自归村巷，童稚不识衣冠。

山下孤烟远村，天边独树高原。一瓢颜回陋巷，五柳先生对门。

桃红复含宿雨，柳绿更带朝烟。花落家童未扫，莺啼山客犹眠。

酌酒会临泉水，抱琴好倚长松。南园露葵朝折，东谷黄粱夜舂。

辛夷坞

木末芙蓉花，山中发红萼。
涧户寂无人，纷纷开且落。

栾家濑

飒飒秋雨中，浅浅石溜泻。
跳波自相溅，白鹭惊复下。

书　事

轻阴阁小雨，深院昼慵开。
坐看苍苔色，欲上人衣来。

阙题二首

荆溪白石出，天寒红叶稀。山路元无雨，空翠湿人衣。
相看不忍发，惨淡暮潮平。语罢更携手，月明洲渚生。

少年行四首

【唐】王维

新丰美酒斗十千，咸阳游侠多少年。
相逢意气为君饮，系马高楼垂柳边。
出身仕汉羽林郎，初随骠骑战渔阳。
孰知不向边庭苦，纵死犹闻侠骨香。
一身能擘两雕弧，虏骑千重只似无。
偏坐金鞍调白羽，纷纷射杀五单于。
汉家君臣欢宴终，高议云台论战功。
天子临轩赐侯印，将军佩出明光宫。

杂诗三首

【唐】王维

家住孟津河，门对孟津口。常有江南船，寄书家中否。
君自故乡来，应知故乡事。来日绮窗前，寒梅着花未。
已见寒梅发，复闻啼鸟声。心心视春草，畏向阶前生。

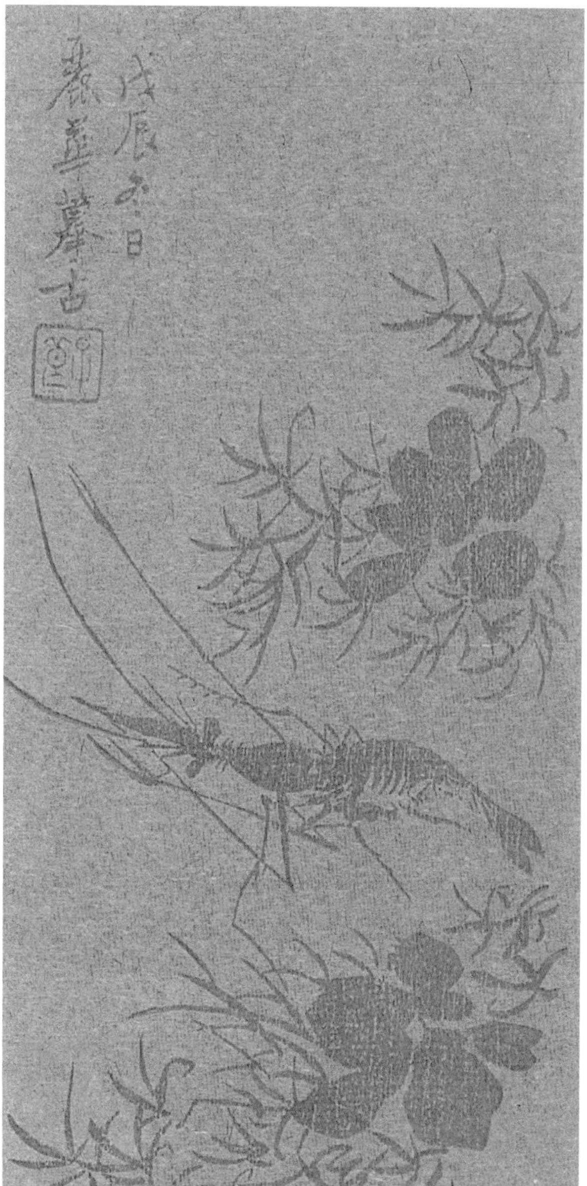
戊辰六日

林表明霁色　城中增暮寒

终南望馀雪

【唐】祖咏

终南阴岭秀，积雪浮云端。
林表明霁色，城中增暮寒。

肥過稻花秋 麗華製

望蓟门

【唐】祖咏

燕台一望客心惊，箫鼓喧喧汉将营。
万里寒光生积雪，三边曙色动危旌。
沙场烽火连胡月，海畔云山拥蓟城。
少小虽非投笔吏，论功还欲请长缨。

万里寒光生积雪
三边曙色动危旌

黄鹤一去不复返
白云千载空悠悠

黄鹤楼

【唐】崔颢

昔人已乘黄鹤去，此地空余黄鹤楼。
黄鹤一去不复返，白云千载空悠悠。
晴川历历汉阳树，春草萋萋鹦鹉洲。
日暮乡关何处是，烟波江上使人愁。

檢書燒燭短看劍引
杯長 墨莊主人

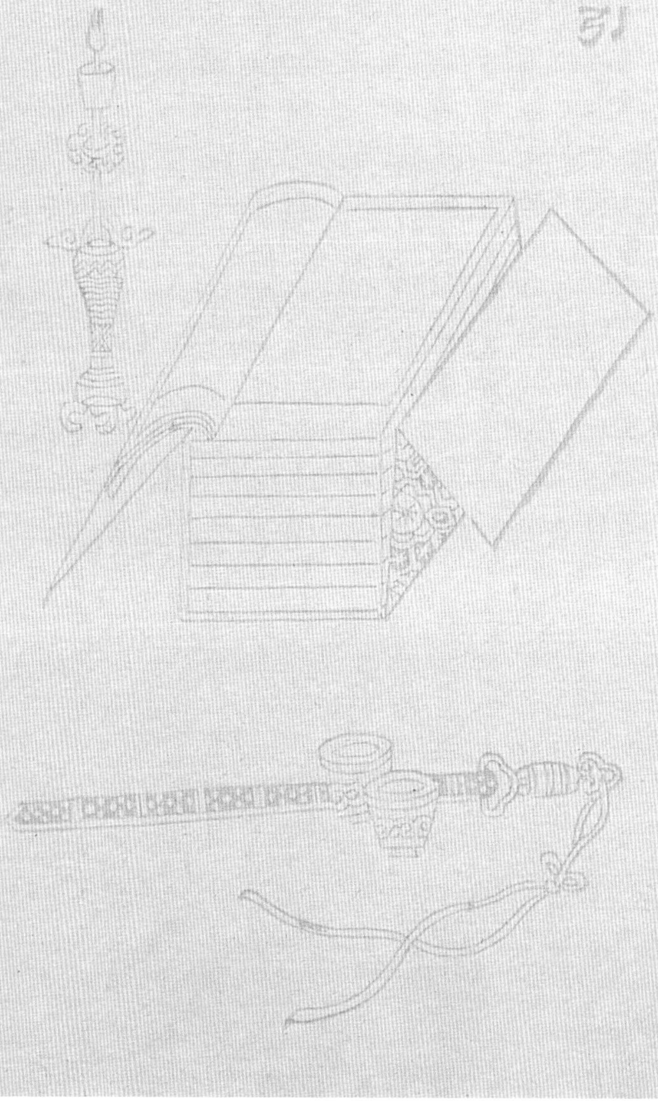

塞上听吹笛

【唐】高适

雪净胡天牧马还，月明羌笛戍楼间。
借问梅花何处落，风吹一夜满关山。

借问梅花何处落
风吹一夜满关山

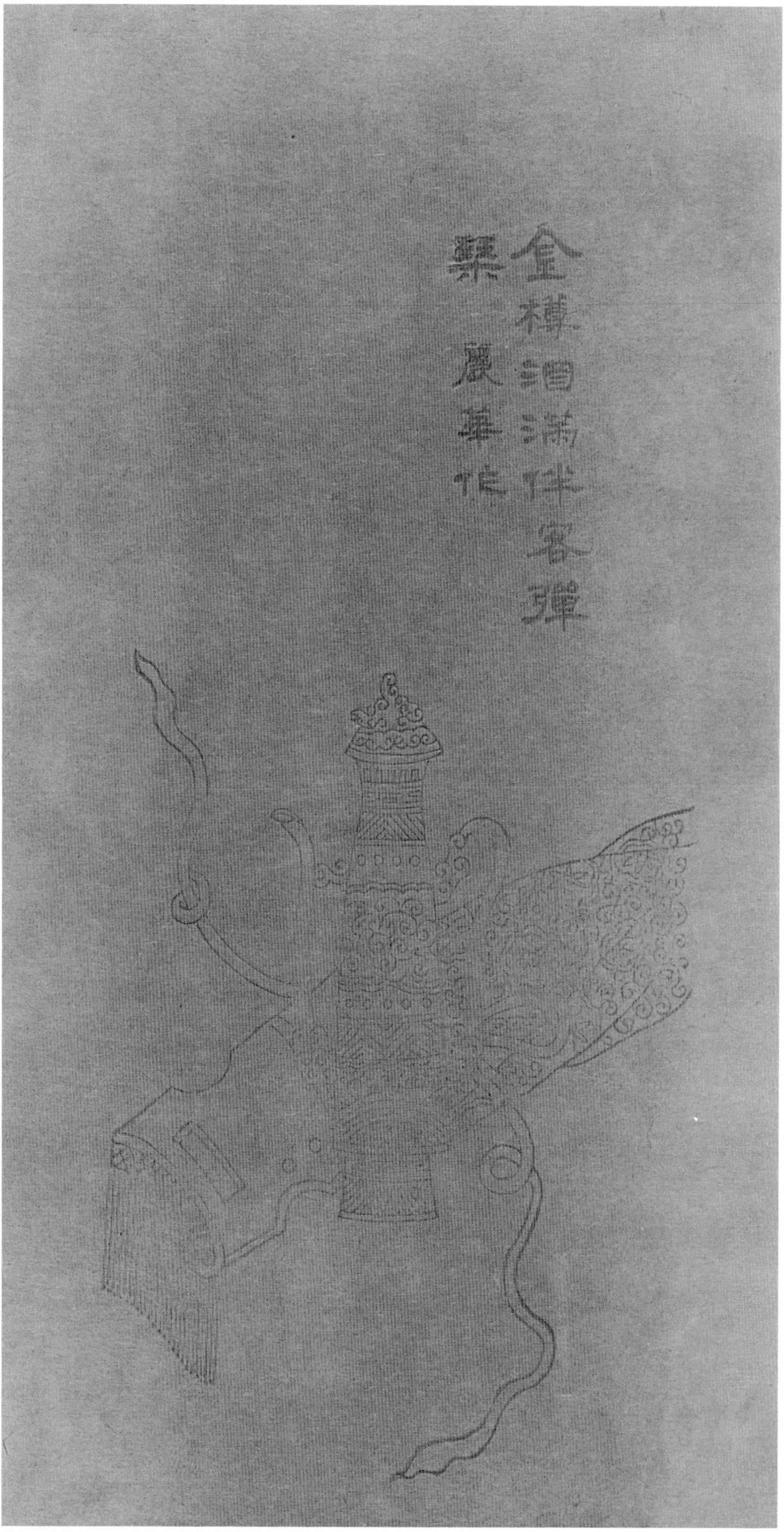
金樽酒滿伴客彈
梁展華作

潭清疑水浅
荷动知鱼散

钓鱼湾

【唐】储光羲

垂钓绿湾春，春深杏花乱。
潭清疑水浅，荷动知鱼散。
日暮待情人，维舟绿杨岸。

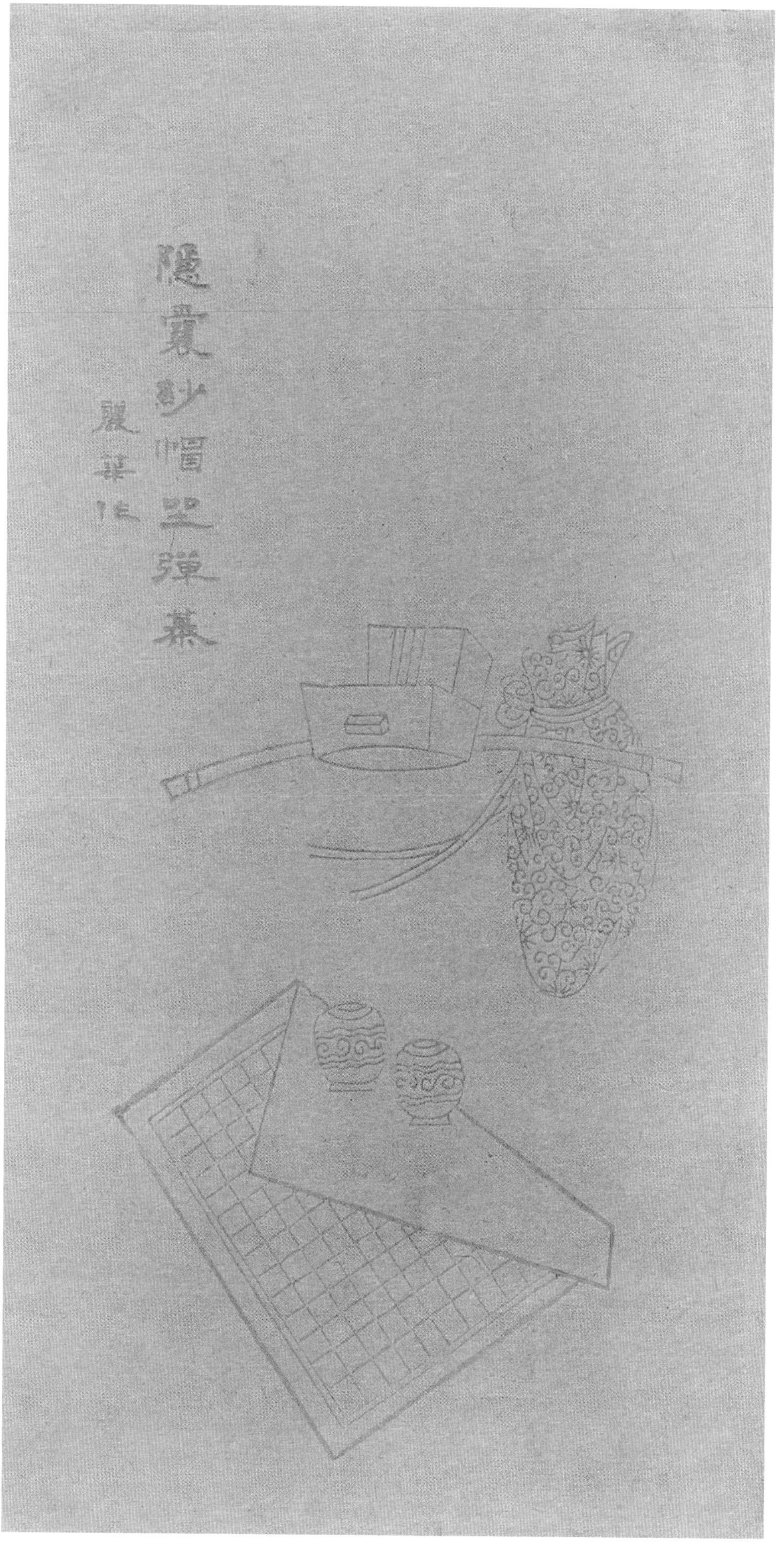
隱囊紗帽翠彈棊
麗華作

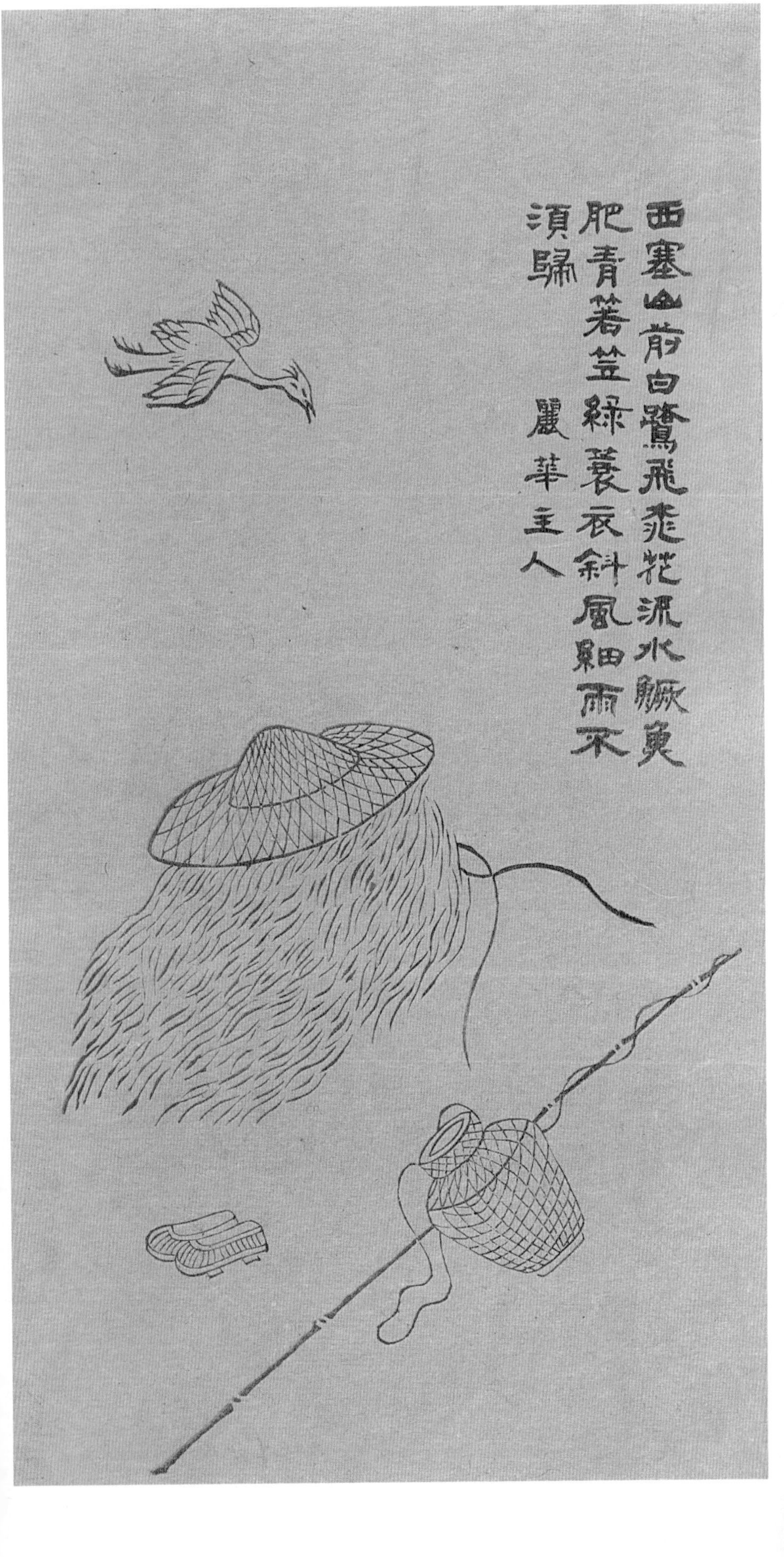
西塞山前白鷺飛桃花流水鱖魚
肥青箬笠綠蓑衣斜風細雨不
須歸
麗華主人

曲径通幽处
禅房花木深

题破山寺后禅院

【唐】常建

清晨入古寺，初日照高林。
曲径通幽处，禅房花木深。
山光悦鸟性，潭影空人心。
万籁此俱寂，惟余钟磬音。

风起春灯乱
江鸣夜雨悬

船下夔州郭宿，雨湿不得上岸，别王十二判官

【唐】杜甫

依沙宿舸船，石濑月娟娟。风起春灯乱，江鸣夜雨悬。
晨钟云外湿，胜地石堂烟。柔橹轻鸥外，含凄觉汝贤。

吉生寫

发潭州

【唐】杜甫

夜醉长沙酒，晓行湘水春。岸花飞送客，樯燕语留人。
贾傅才未有，褚公书绝伦。高名前后事，回首一伤神。

旅夜书怀

【唐】杜甫

细草微风岸，危樯独夜舟。星垂平野阔，月涌大江流。
名岂文章著，官应老病休。飘飘何所似，天地一沙鸥。

吉生寫

横吹曲辞·后出塞五首

【唐】杜甫

男儿生世间，及壮当封侯。战伐有功业，焉能守旧丘。召募赴蓟门，军动不可留。千金买马鞭，百金装刀头。闾里送我行，亲戚拥道周。斑白居上列，酒酣进庶羞。少年别有赠，含笑看吴钩。

朝进东门营，暮上河阳桥。落日照大旗，马鸣风萧萧。平沙列万幕，部伍各见招。中天悬明月，令严夜寂寥。悲笳数声动，壮士惨不骄。借问大将谁，恐是霍嫖姚。

古人重守边，今人重高勋。岂知英雄主，出师亘长云。六合已一家，四夷且孤军。遂使貔虎士，奋身勇所闻。拔剑击大荒，日牧胡马群。誓开玄冥北，持以奉吾君。

献凯日继踵，两蕃静无虞。渔阳豪侠地，击鼓吹笙竽。云帆转辽海，粳稻来东吴。越罗与楚练，照耀舆台躯。主将位益崇，气骄陵上都。边人不敢议，议者死路衢。

我本良家子，出师亦多门。将骄益愁思，身贵不足论。跃马二十年，恐辜明主恩。坐见幽州骑，长驱河洛昏。中夜间道归，故里但空村。恶名幸脱免，穷老无儿孙。

吉生作

春日忆李白

【唐】杜甫

白也诗无敌，飘然思不群。清新庾开府，俊逸鲍参军。

渭北春天树，江东日暮云。何时一樽酒，重与细论文。

渭北春天树　江东日暮云

花径不曾缘客扫
蓬门今始为君开

客至

【唐】杜甫

舍南舍北皆春水，但见群鸥日日来。
花径不曾缘客扫，蓬门今始为君开。
盘飧市远无兼味，樽酒家贫只旧醅。
肯与邻翁相对饮，隔篱呼取尽馀杯。

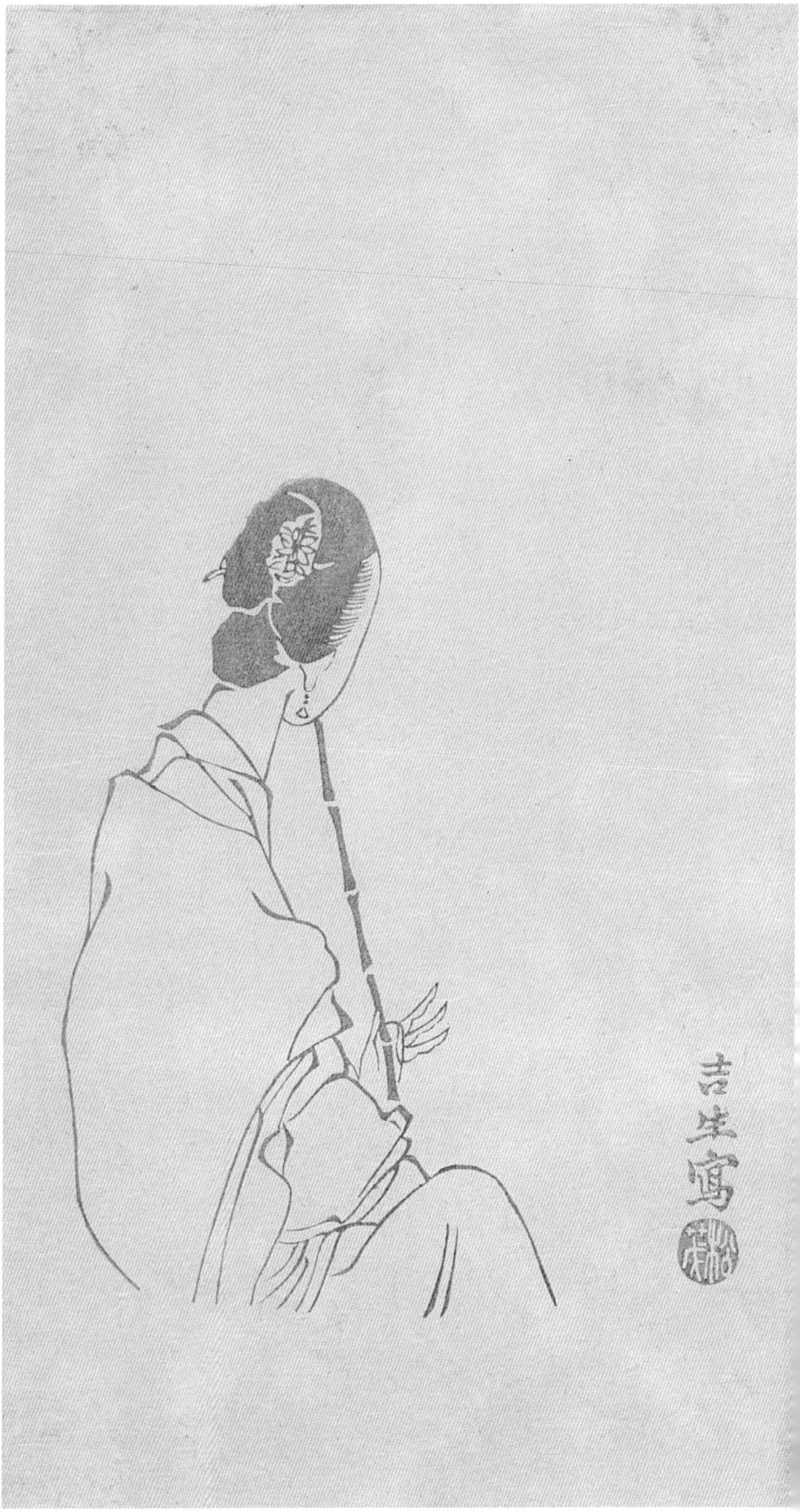
吉生寫

自去自来梁上燕
相亲相近水中鸥

江村

【唐】杜甫

清江一曲抱村流，长夏江村事事幽。
自去自来梁上燕，相亲相近水中鸥。
老妻画纸为棋局，稚子敲针作钓钩。
但有故人供禄米，微躯此外更何求？

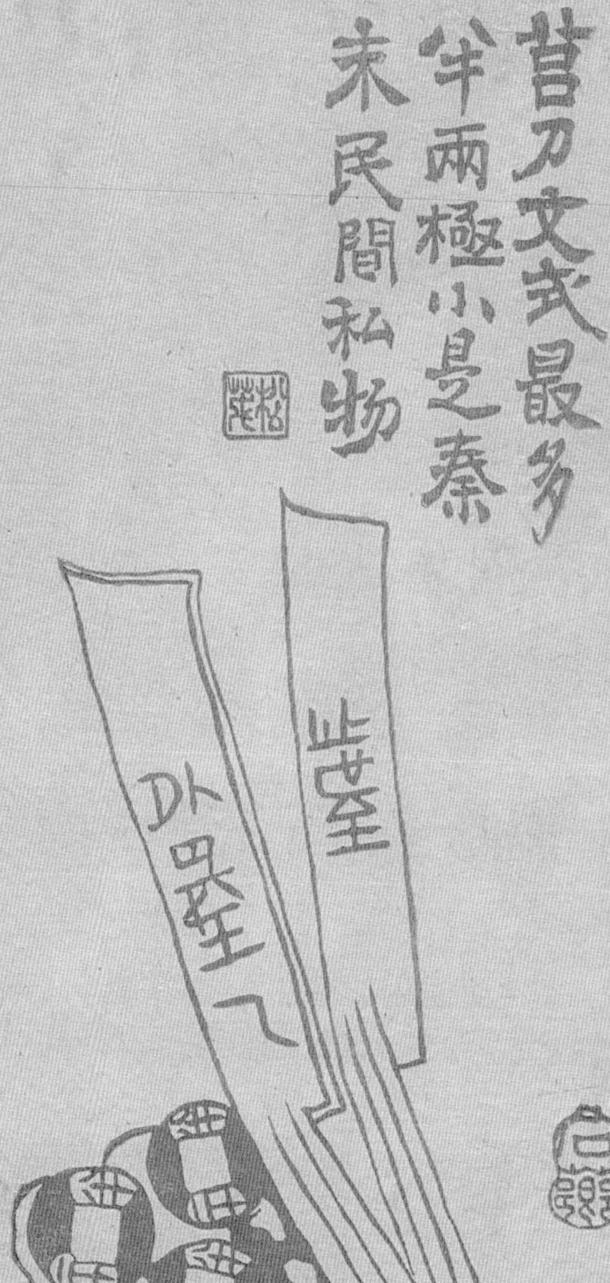
昔刀文式最多
半兩極小是秦
末民間私物

月

【唐】杜甫

四更山吐月，残夜水明楼。
尘匣元开镜，风帘自上钩。
兔应疑鹤发，蟾亦恋貂裘。
斟酌姮娥寡，天寒耐九秋。

四更山吐月 残夜水明楼

齊刀文
曰節墨
乃最貴
魯陽幣
列國之
物

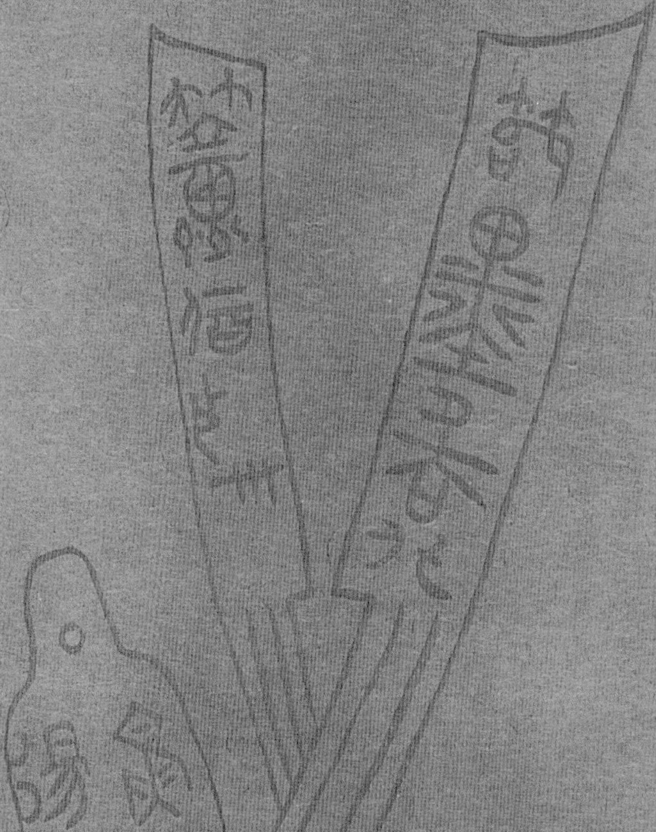

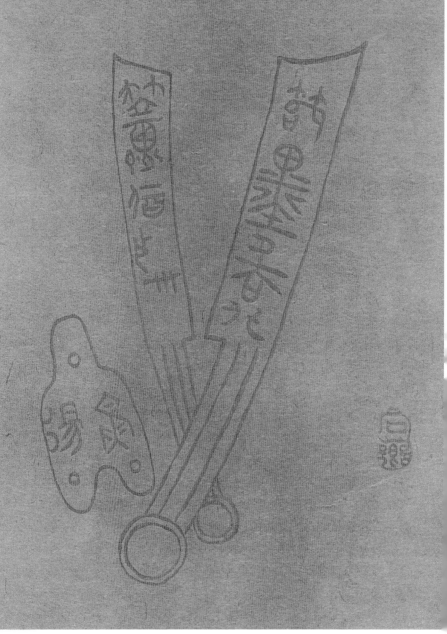

重经昭陵

【唐】杜甫

草昧英雄起，讴歌历数归。
风尘三尺剑，社稷一戎衣。
翼亮贞文德，丕承戢武威。
圣图天广大，宗祀日光辉。
陵寝盘空曲，熊罴守翠微。
再窥松柏路，还见五云飞。

风尘三尺剑
社稷一戎衣

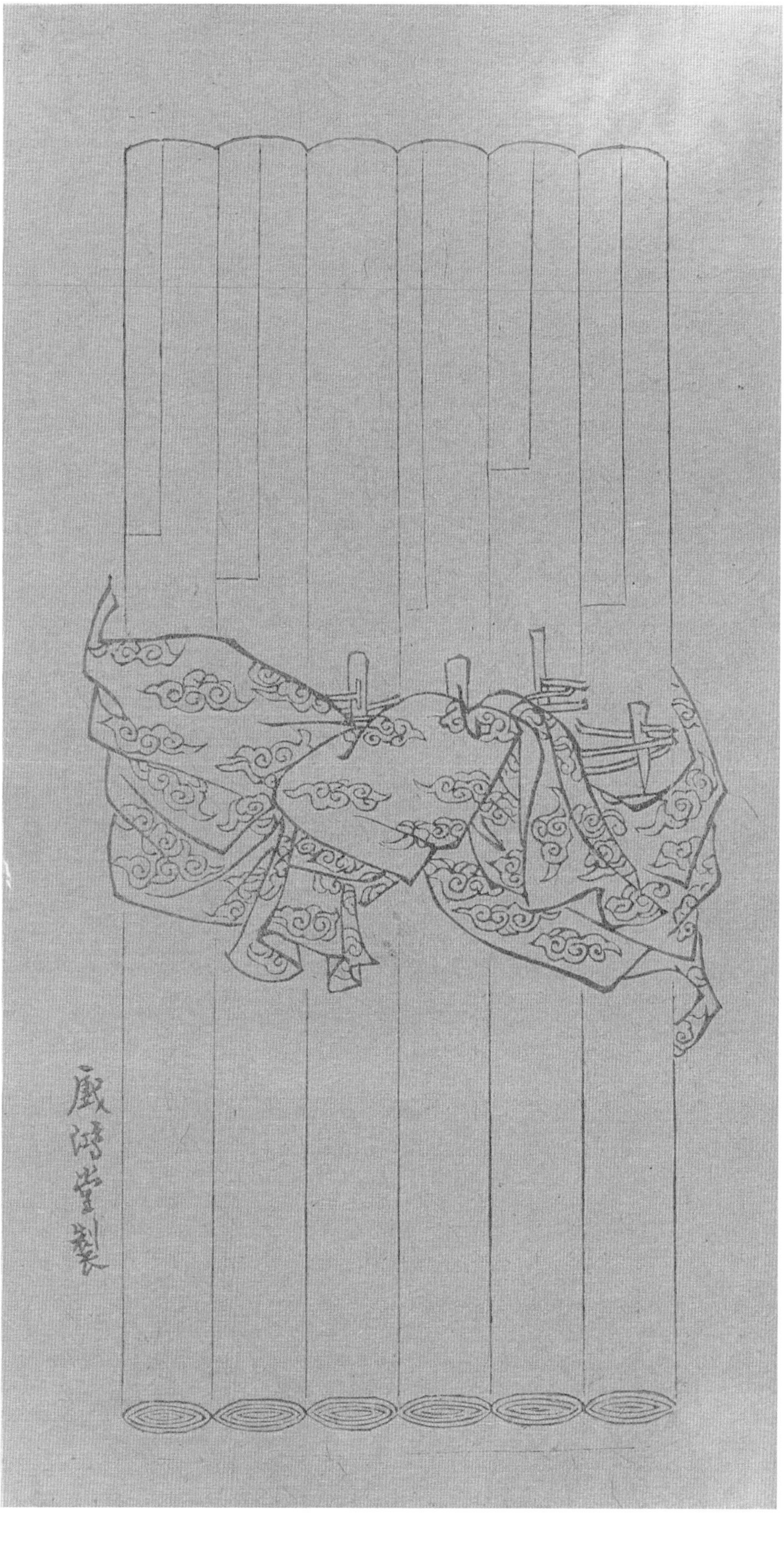
戲鴻堂製

忽如一夜春风来
千树万树梨花开

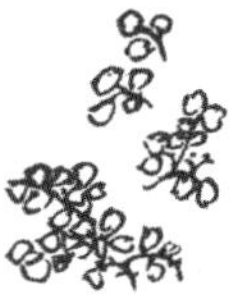

白雪歌送武判官归京

【唐】岑参

北风卷地白草折，胡天八月即飞雪。
忽如一夜春风来，千树万树梨花开。
散入珠帘湿罗幕，狐裘不暖锦衾薄。
将军角弓不得控，都护铁衣冷难着。
瀚海阑干百丈冰，愁云惨淡万里凝。
中军置酒饮归客，胡琴琵琶与羌笛。
纷纷暮雪下辕门，风掣红旗冻不翻。
轮台东门送君去，去时雪满天山路。
山回路转不见君，雪上空留马行处。

山回路转不见君
雪上空留马行处

中使傳宣内翰家君王令艸侍中麻紫泥
印罷紅封了銀燭籠燒一寸花

凉州馆中与诸判官夜集

【唐】岑参

弯弯月出挂城头，城头月出照凉州。
凉州七里十万家，胡人半解弹琵琶。
琵琶一曲肠堪断，风萧萧兮夜漫漫。
河西幕中多故人，故人别来三五春。
花门楼前见秋草，岂能贫贱相看老。
一生大笑能几回，斗酒相逢须醉倒。

一生大笑能几回
斗酒相逢须醉倒

鏡鑄千煉石瞻一品又旌節花

開駘蕩 麗華主人

春行寄兴

【唐】李华

宜阳城下草萋萋，涧水东流复向西。
芳树无人花自落，春山一路鸟空啼。

芳树无人花自落
春山一路鸟空啼

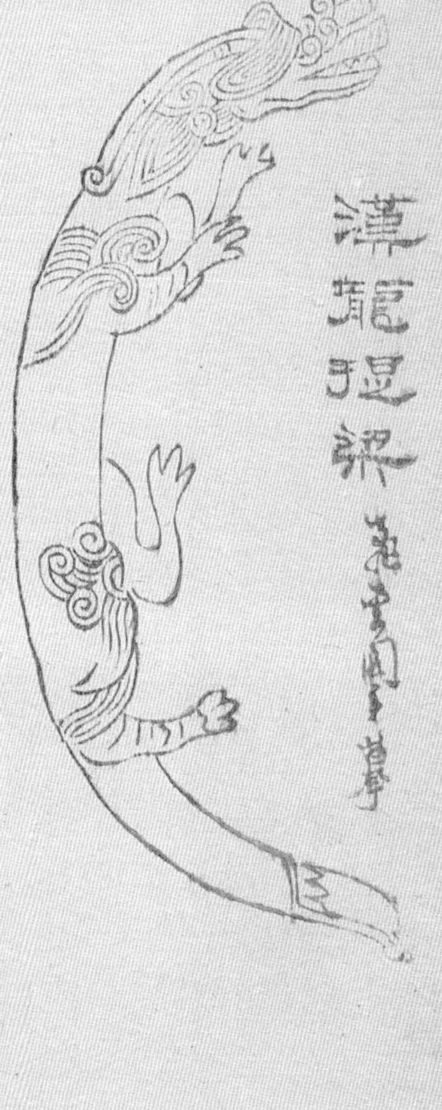
漢龍提梁

谷口书斋寄杨补阙

【唐】钱起

泉壑带茅茨，云霞生薜帷。
竹怜新雨后，山爱夕阳时。
闲鹭栖常早，秋花落更迟。
家童扫萝径，昨与故人期。

省试湘灵鼓瑟

【唐】钱起

善鼓云和瑟，常闻帝子灵。
冯夷空自舞，楚客不堪听。
苦调凄金石，清音入杳冥。
苍梧来怨慕，白芷动芳馨。
流水传潇浦，悲风过洞庭。
曲终人不见，江上数峰青。

古甎文

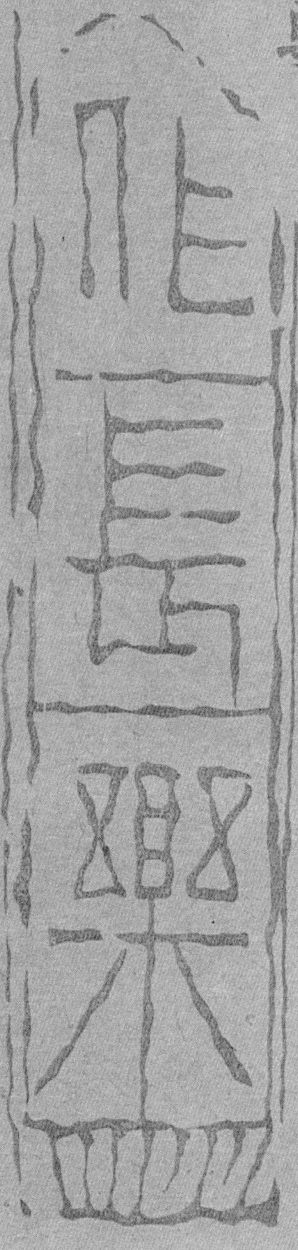

麗華堂拓

送李判官之润州行营

【唐】刘长卿

万里辞家事鼓鼙，金陵驿路楚云西。
江春不肯留归客，草色青青送马蹄。

江春不肯留归客
草色青青送马蹄

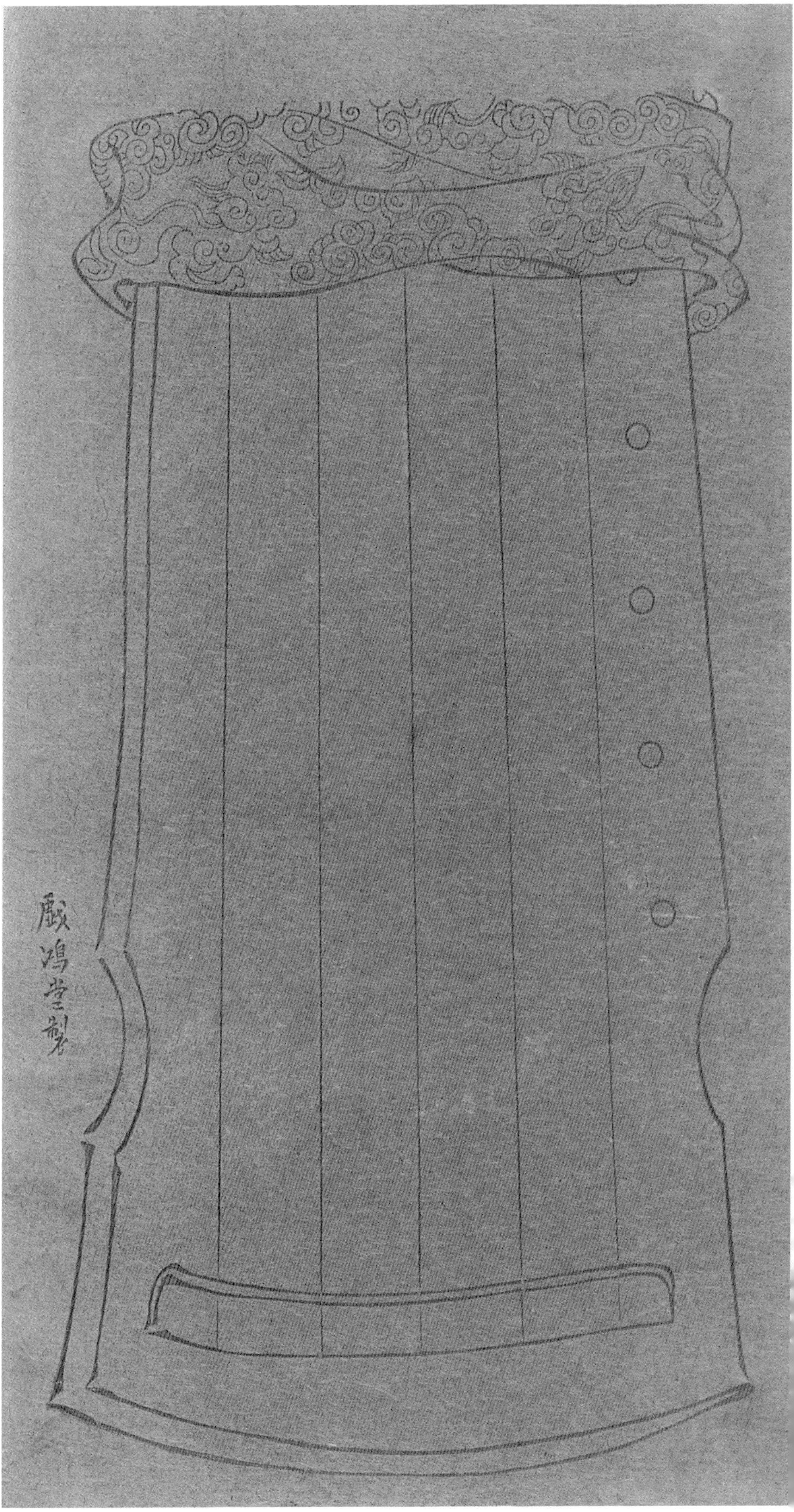
戲鴻堂製

震澤鯉魚彭蠡湖廬山栗子六安茶
尤展成詩意　麗華製

舟中送李十八

【唐】刘长卿

释子身心无有分，独将衣钵去人群。
相思晚望西林寺，唯有钟声出白云。

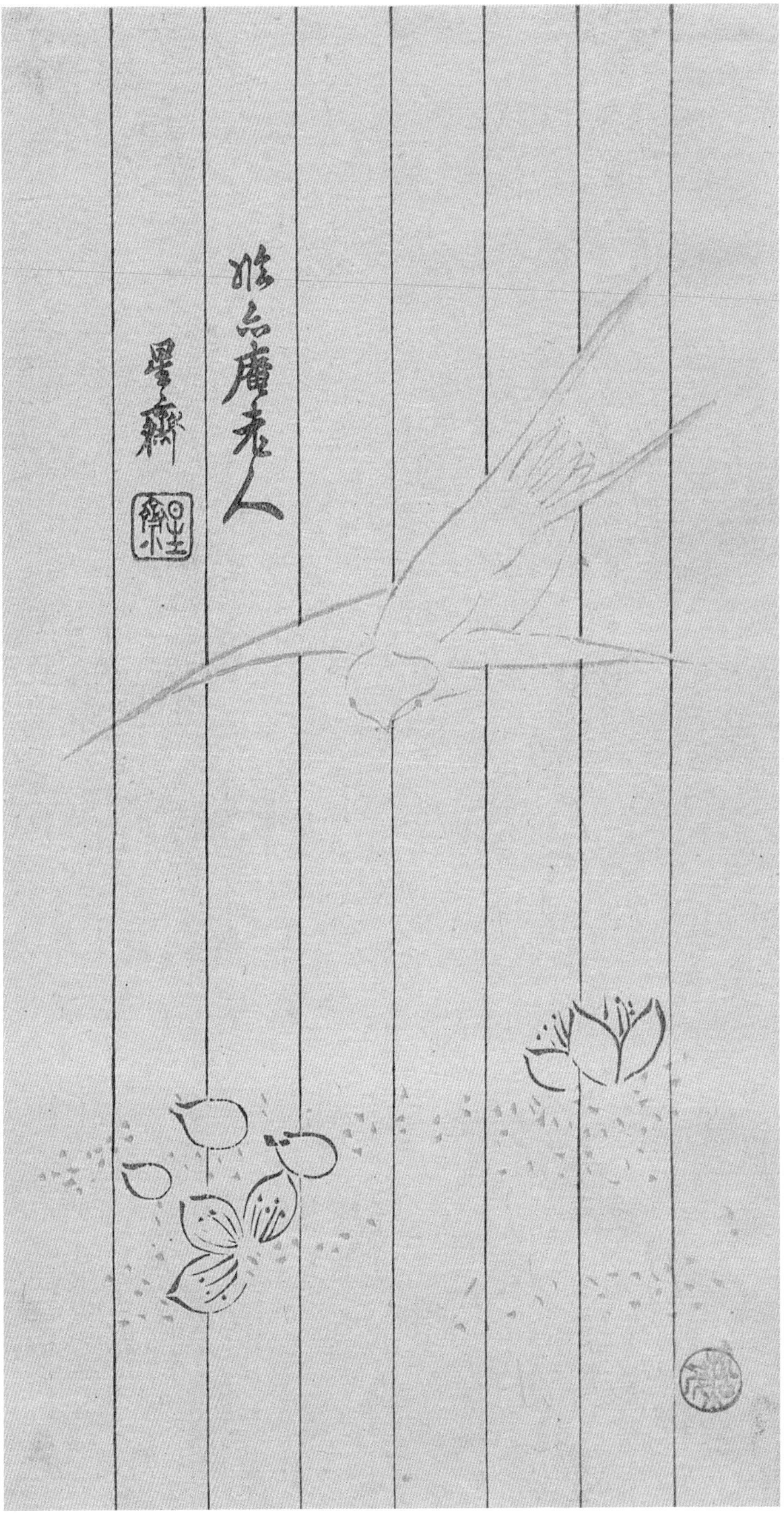
雅石庵老人
墨齋
墨齋

【唐】刘长卿

听弹琴

泠泠七弦上，静听松风寒。
古调虽自爱，今人多不弹。

送灵澈上人

苍苍竹林寺，杳杳钟声晚。
荷笠带夕阳，青山独归远。

饯别王十一南游

望君烟水阔，挥手泪沾巾。飞鸟没何处，青山空向人。
长江一帆远，落日五湖春。谁见汀洲上，相思愁白苹。

别严士元

春风倚棹阖闾城，水国春寒阴复晴。
细雨湿衣看不见，闲花落地听无声。
日斜江上孤帆影，草绿湖南万里情。
东道若逢相识问，青袍今日误儒生。

谪仙怨

晴川落日初低，惆怅孤舟解携。
鸟向平芜远近，人随流水东西。
白云千里万里，明月前溪后溪。
独恨长沙谪去，江潭春草萋萋。

春山夜月

【唐】于良史

春山多胜事，赏玩夜忘归。掬水月在手，弄花香满衣。
兴来无远近，欲去惜芳菲。南望鸣钟处，楼台深翠微。

掬水月在手 弄花香满衣

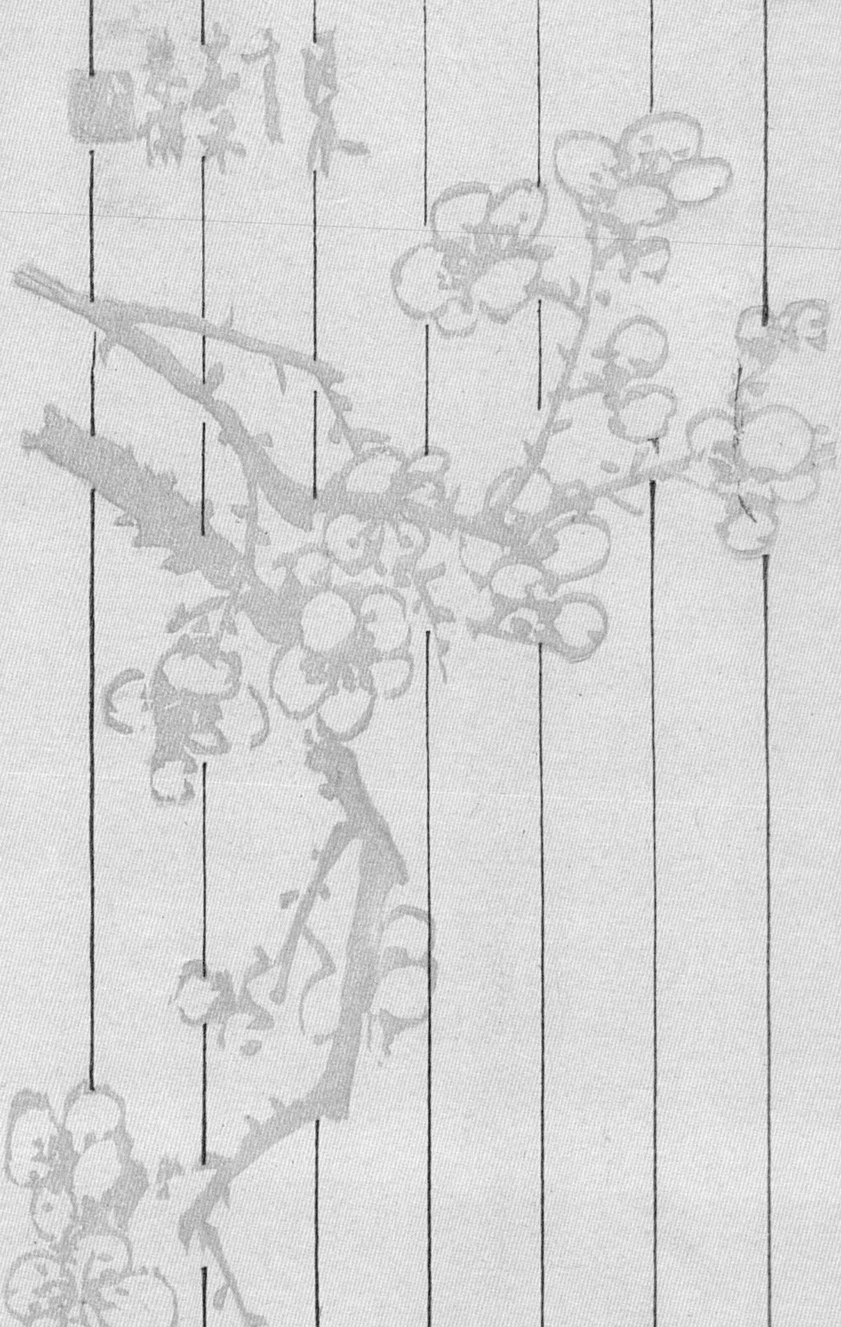

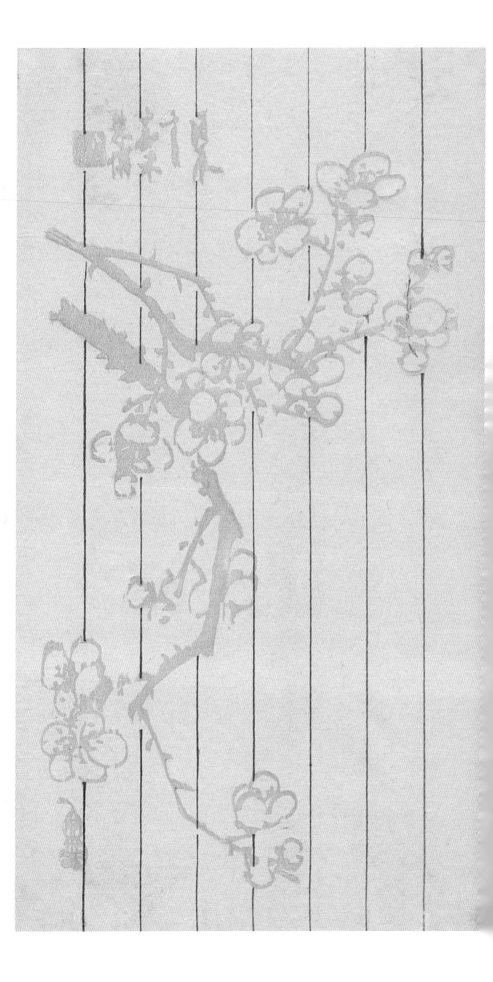

苏溪亭

【唐】戴叔伦

苏溪亭上草漫漫，谁倚东风十二阑。
燕子不归春事晚，一汀烟雨杏花寒。

客夜与故人偶集

【唐】戴叔伦

天秋月又满，城阙夜千重。
还作江南会，翻疑梦里逢。
风枝惊暗鹊，露草泣寒蛩。
羁旅长堪醉，相留畏晓钟。

【唐】韦应物

寺居独夜，寄崔主簿

幽人寂不寐，木叶纷纷落。
寒雨暗深更，流萤度高阁。
坐使青灯晓，还伤夏衣薄。
宁知岁方晏，离居更萧索。

寒雨暗深更
流萤度高阁

赋得暮雨送李胄

楚江微雨里，建业暮钟时。
漠漠帆来重，冥冥鸟去迟。
海门深不见，浦树远含滋。
相送情无限，沾襟比散丝。

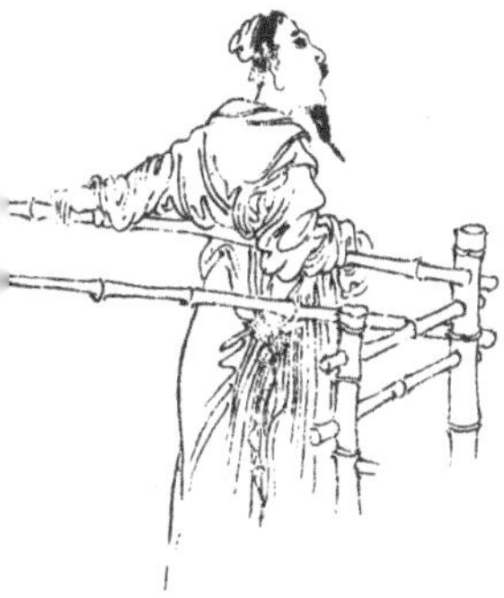

秋夜寄丘二十二员外

怀君属秋夜，散步咏凉天。
空山松子落，幽人应未眠。

淮上喜会梁川故人

江汉曾为客，相逢每醉还。
浮云一别后，流水十年间。
欢笑情如旧，萧疏鬓已斑。
何因不归去？淮上有秋山。

桂州腊夜

【唐】戎昱

坐到三更尽，归仍万里赊。雪声偏傍竹，寒梦不离家。
晓角分残漏，孤灯落碎花。二年随骠骑，辛苦向天涯。

雪声偏傍竹 寒梦不离家

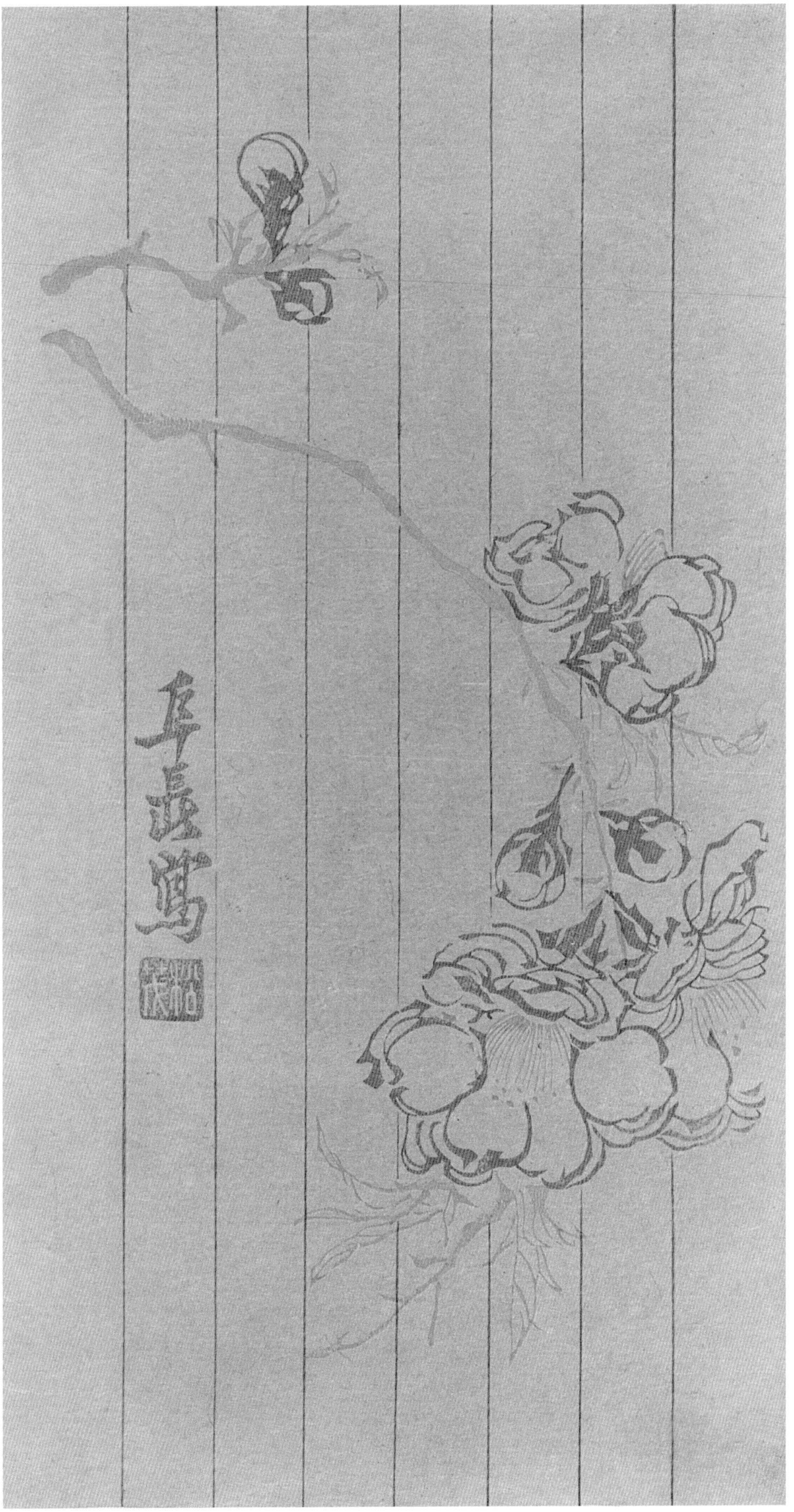

早梅

【唐】张谓

一树寒梅白玉条，迥临村路傍溪桥。
不知近水花先发，疑是经冬雪未销。

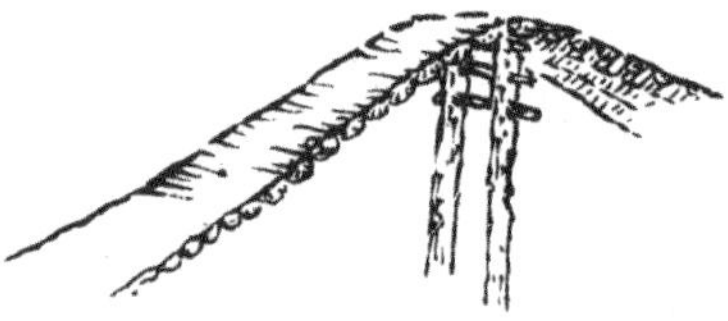

不知近水花先发 疑是经冬雪未销

春怨

【唐】刘方平

纱窗日落渐黄昏，金屋无人见泪痕。
寂寞空庭春欲晚，梨花满地不开门。

寂寞空庭春欲晚　梨花满地不开门

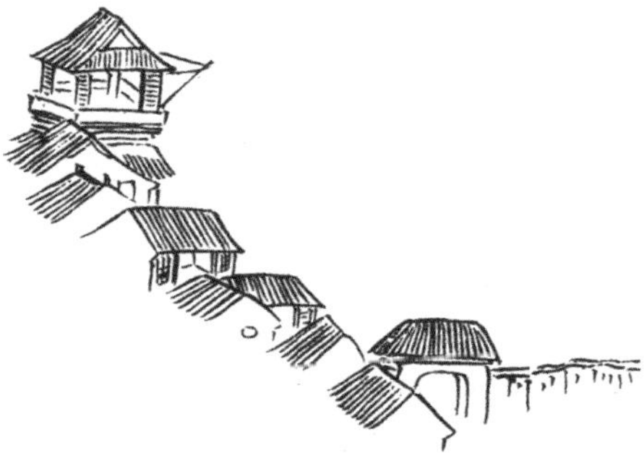

鄭康成書

汴河曲

【唐】李益

汴水东流无限春，隋家宫阙已成尘。
行人莫上长堤望，风起杨花愁煞人。

竹窗闻风寄苗发司空曙

【唐】李益

微风惊暮坐，临牖思悠哉。开门复动竹，疑是故人来。
时滴枝上露，稍沾阶下苔。何当一入幌，为拂绿琴埃。

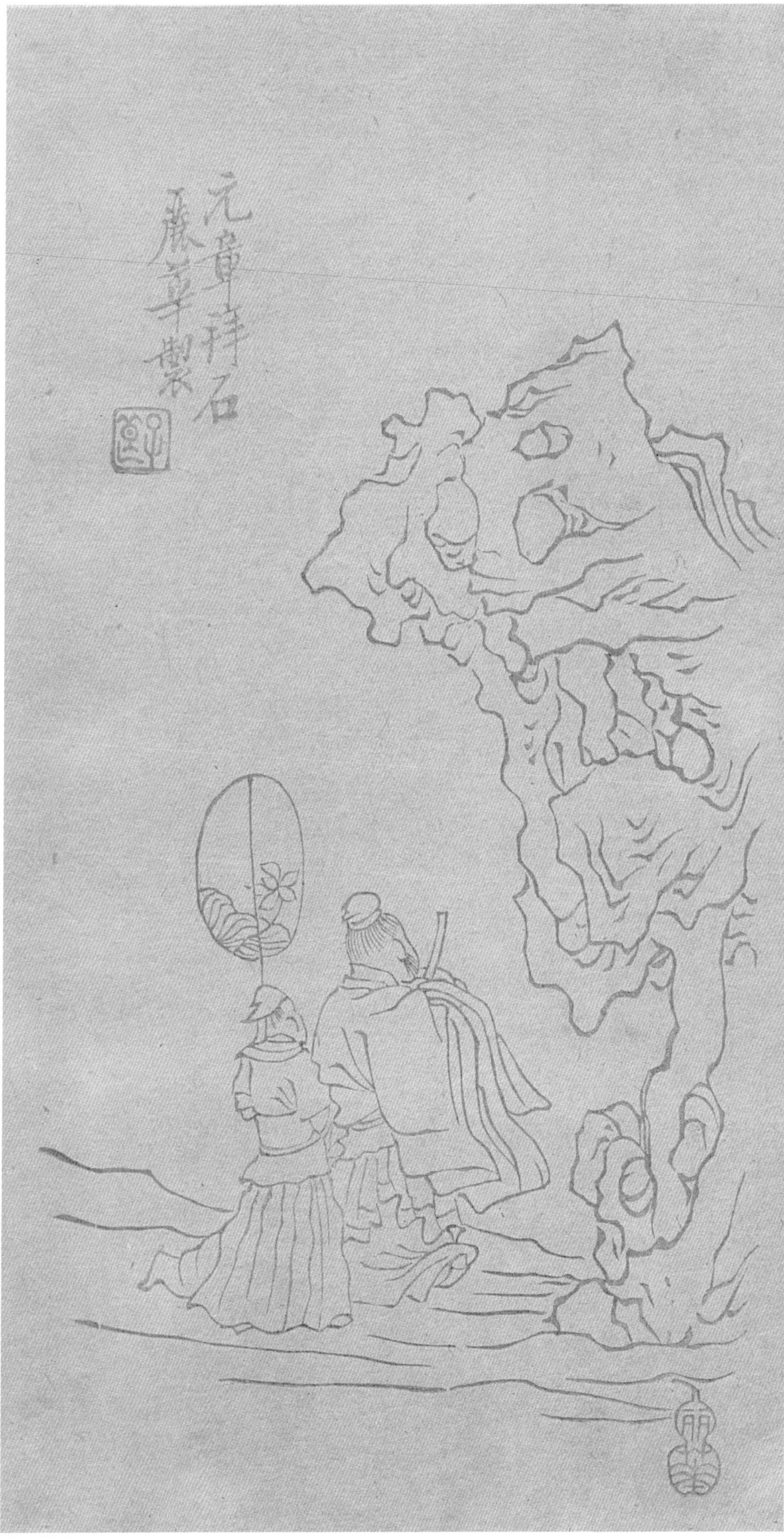
元章拜石

城东早春

【唐】杨巨源

诗家清景在新春，绿柳才黄半未匀。
若待上林花似锦，出门俱是看花人。

题都城南庄

【唐】崔护

去年今日此门中，人面桃花相映红。
人面不知何处去，桃花依旧笑春风。

李白愛酒

何不相逢未嫁时

节妇吟寄东平李司空师道

【唐】张籍

君知妾有夫，赠妾双明珠。
感君缠绵意，系在红罗襦。
妾家高楼连苑起，良人执戟明光里。
知君用心如日月，事夫誓拟同生死。
还君明珠双泪垂，何不相逢未嫁时。

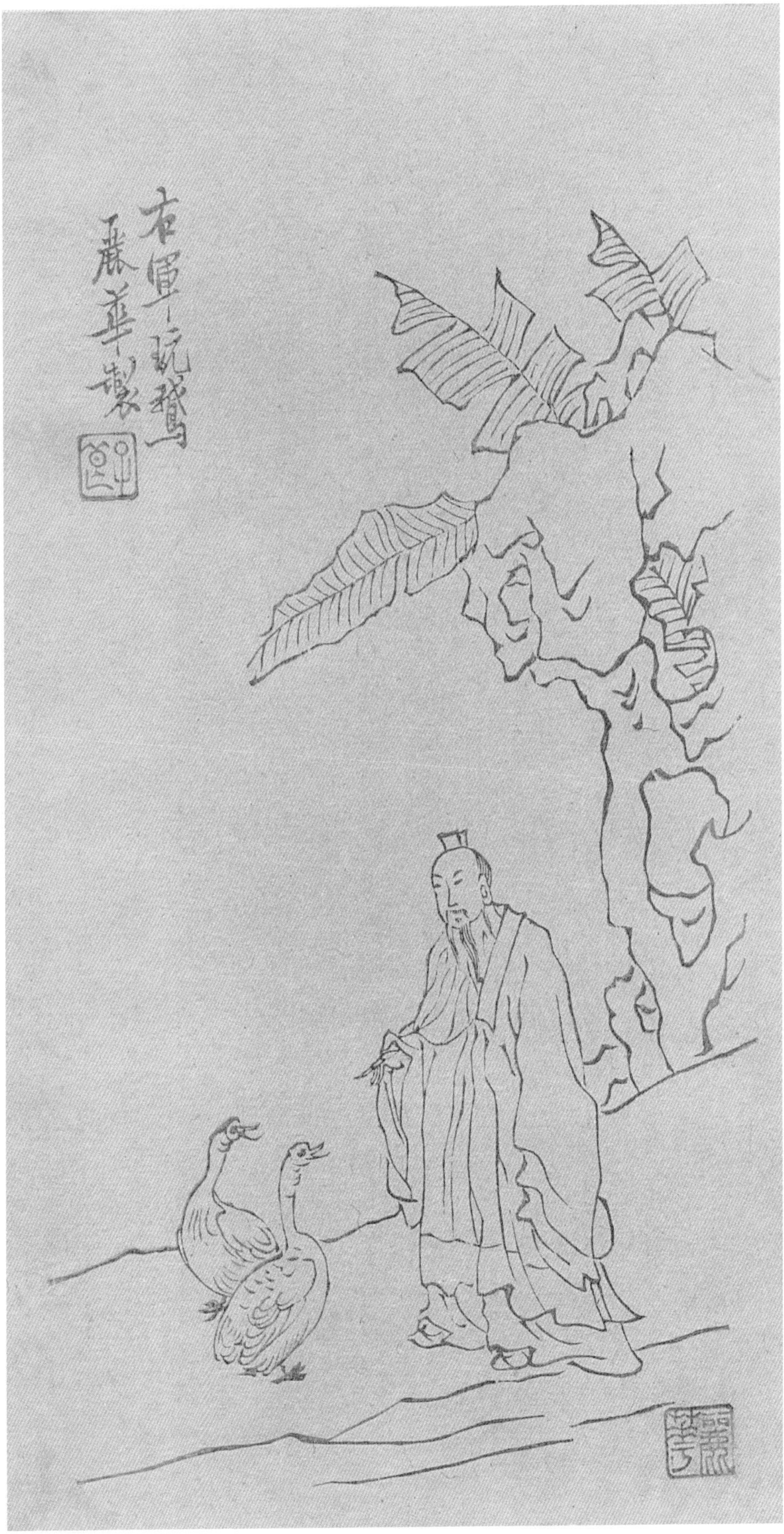
右軍玩鵞

游城南十六首·晚春

【唐】韩愈

草树知春不久归，百般红紫斗芳菲。
杨花榆荚无才思，惟解漫天作雪飞。

左迁至蓝关示侄孙湘

【唐】韩愈

一封朝奏九重天，夕贬潮州路八千。
欲为圣朝除弊事，肯将衰朽惜残年。
云横秦岭家何在，雪拥蓝关马不前。
知汝远来应有意，好收吾骨瘴江边。

王子猷看竹圖
擬山外居士本
飛雲閣製

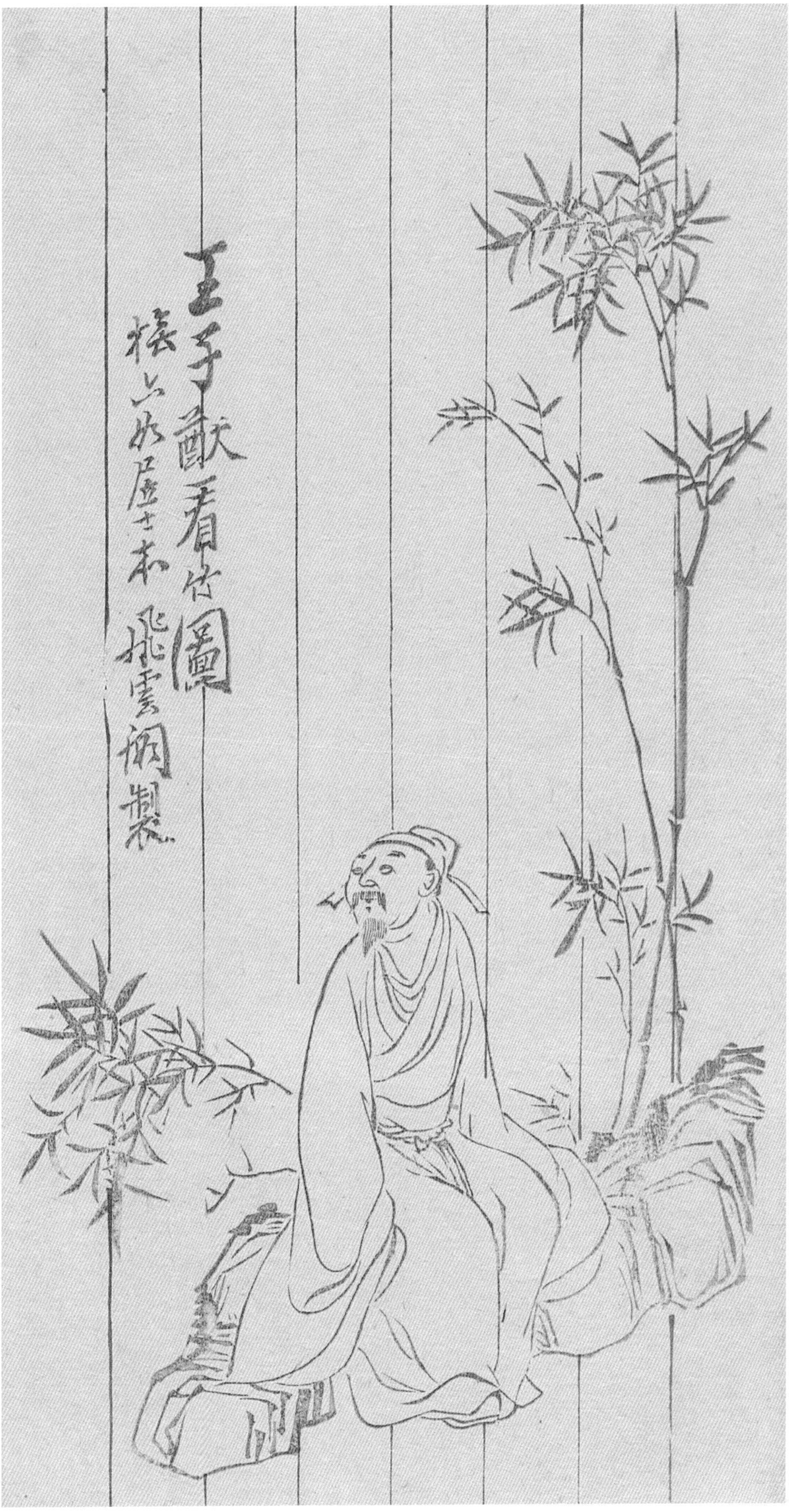

纵然一夜风吹去
只在芦花浅水边

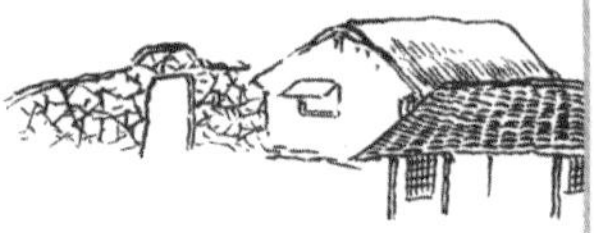

江村即事

【唐】司空曙

钓罢归来不系船，江村月落正堪眠。
纵然一夜风吹去，只在芦花浅水边。

東坡玩研

孤灯寒照雨
湿竹暗浮烟

云阳馆与韩绅宿别

【唐】司空曙

故人江海别，几度隔山川。
乍见翻疑梦，相悲各问年。
孤灯寒照雨，湿竹暗浮烟。
更有明朝恨，离杯惜共传。

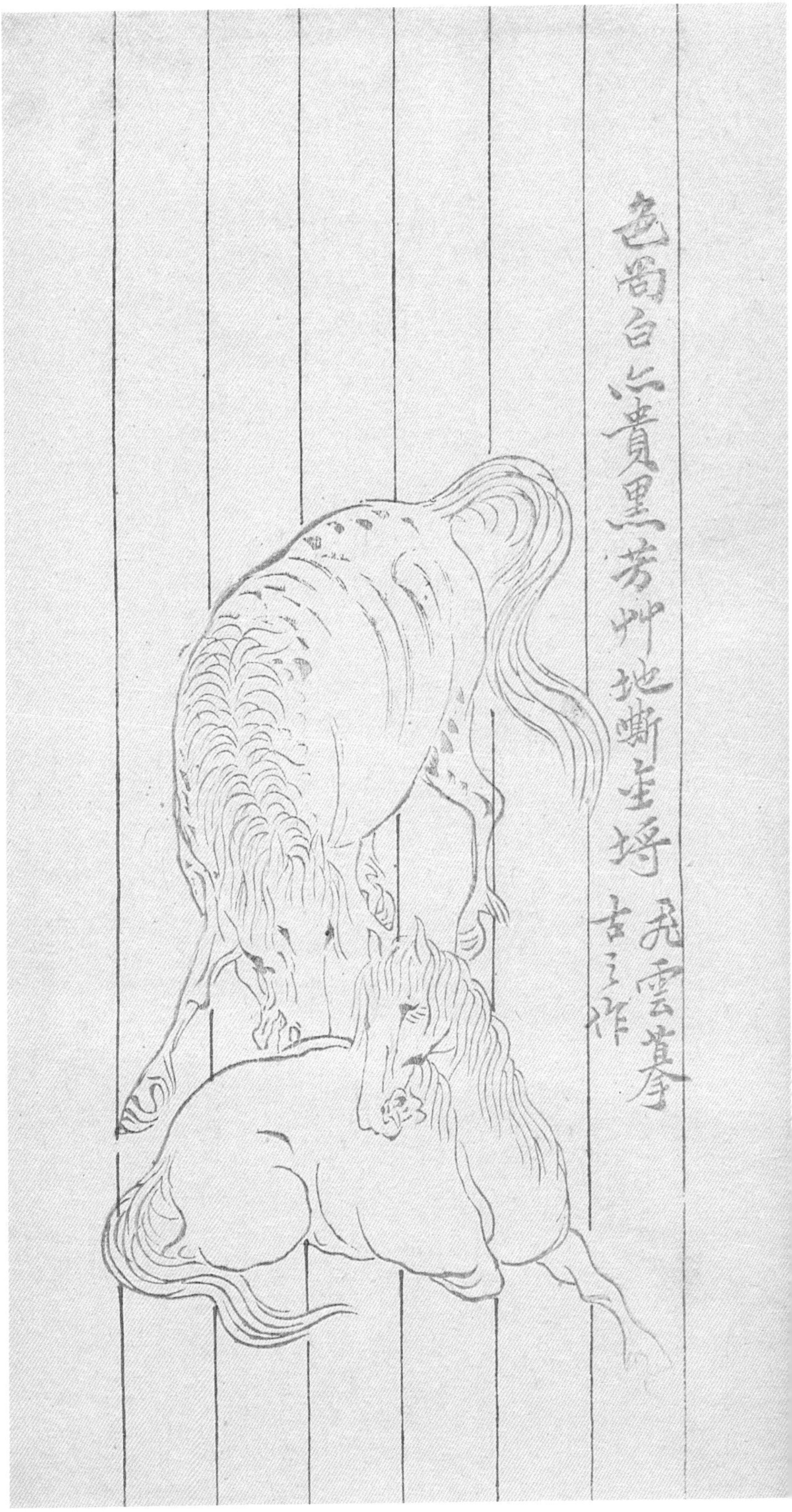
色尚白亦貴黑芳艸地嘶金埒
飛雲蒼季
古之作

东涧水流西涧水
南山云起北山云

寄韬光禅师

【唐】白居易

一山门作两山门，两寺原从一寺分。
东涧水流西涧水，南山云起北山云。
前台花发后台见，上界钟声下界闻。
遥想吾师行道处，天香桂子落纷纷。

太師少師

擬沈青蘋先生法

飛雲閣製

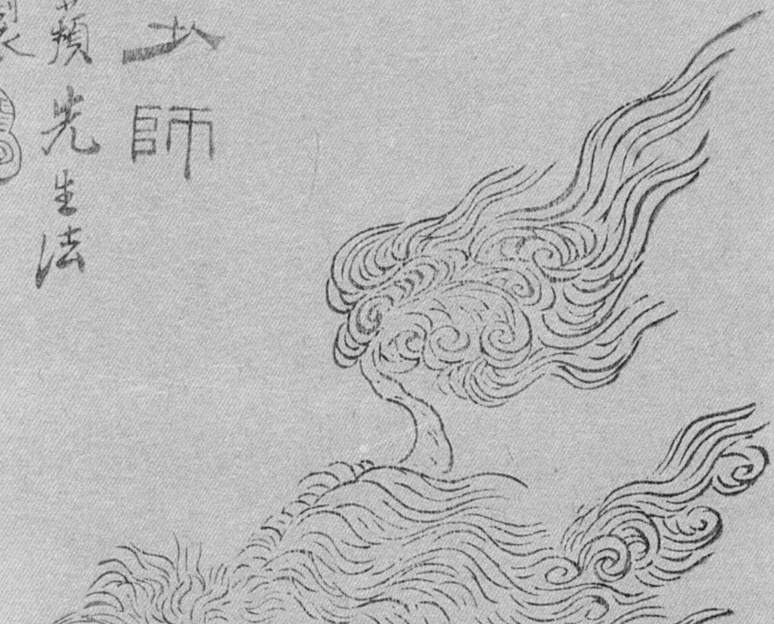

乱花渐欲迷人眼
浅草才能没马蹄

钱塘湖春行

【唐】白居易

孤山寺北贾亭西，水面初平云脚低。
几处早莺争暖树，谁家新燕啄春泥。
乱花渐欲迷人眼，浅草才能没马蹄。
最爱湖东行不足，绿杨阴里白沙堤。

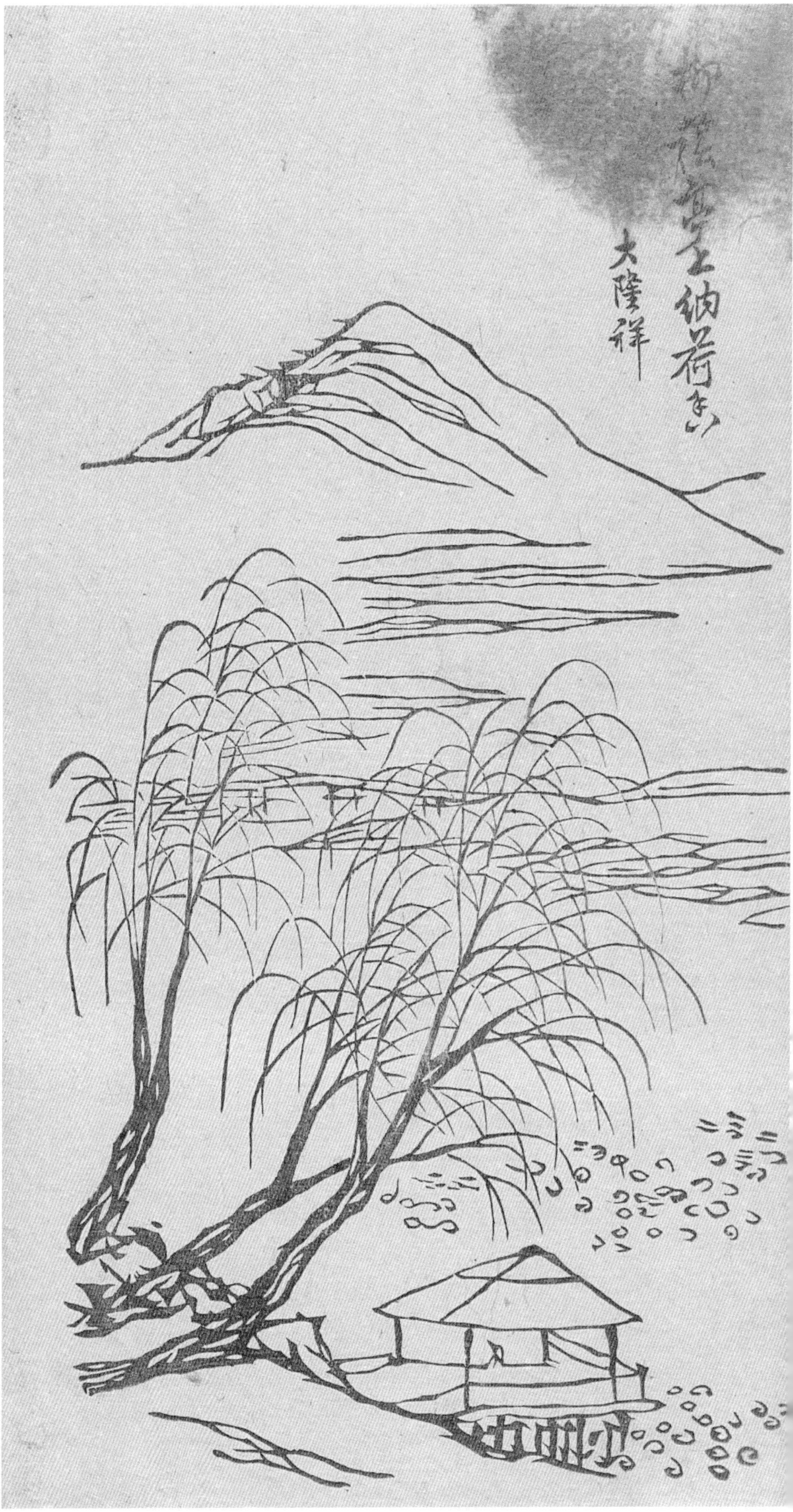
大隆祥

夜雪

【唐】白居易

已讶衾枕冷，复见窗户明。
夜深知雪重，时闻折竹声。

问刘十九

【唐】白居易

绿蚁新醅酒，红泥小火炉。
晚来天欲雪，能饮一杯无。

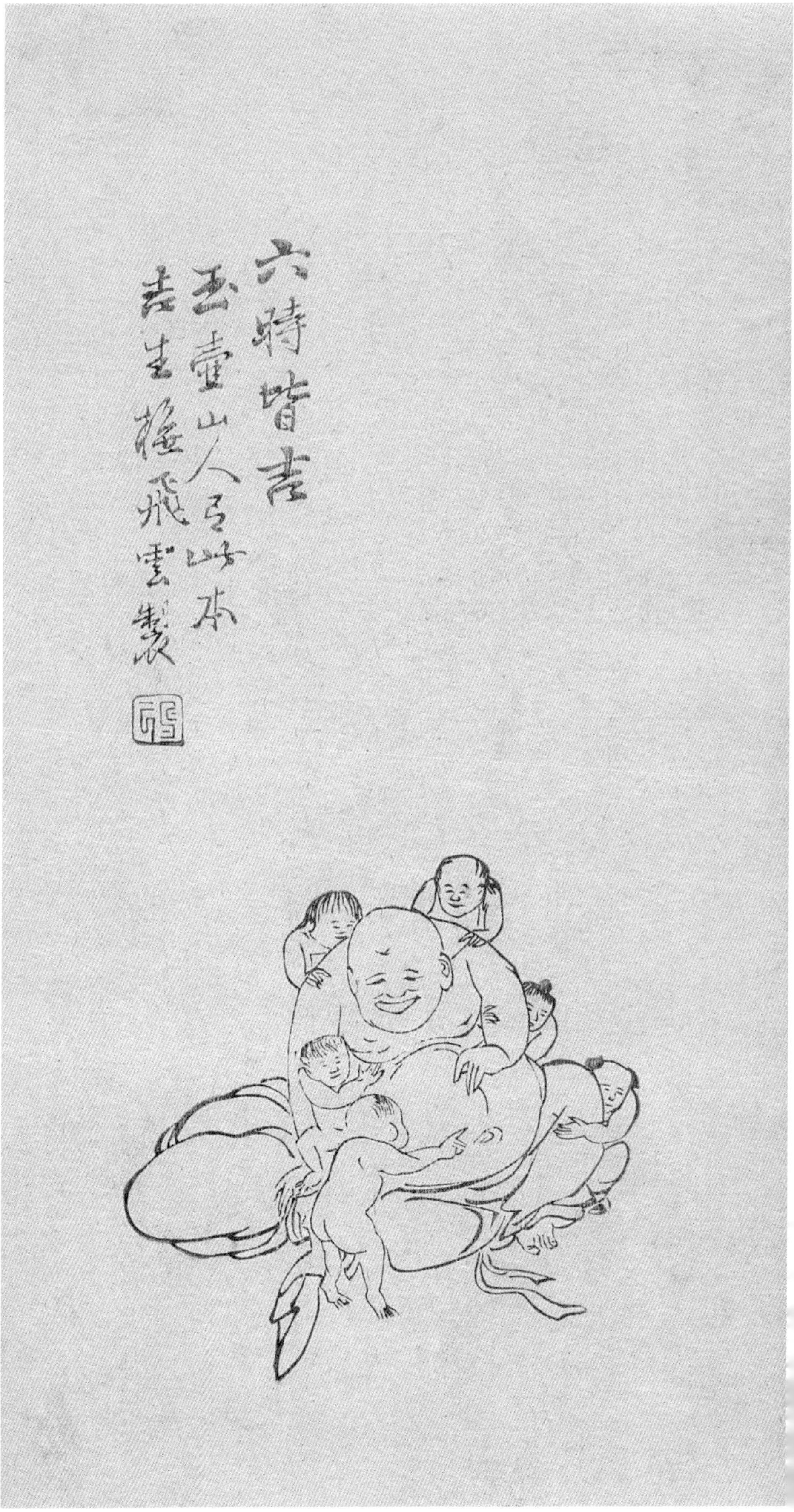
六時皆吉
玉壺山人以此本
吉生擬飛雲製

秋风引

【唐】刘禹锡

何处秋风至？萧萧送雁群。
朝来入庭树，孤客最先闻。

望洞庭

【唐】刘禹锡

湖光秋月两相和，潭面无风镜未磨。
遥望洞庭山水翠，白银盘里一青螺。

福無量壽無量
歡喜無量
漢陽太守善畫佛像
此圖摹之 飛雲閣製
項氏

渔翁

【唐】柳宗元

渔翁夜傍西岩宿，晓汲清湘燃楚竹。
烟销日出不见人，欸乃一声山水绿。
回看天际下中流，岩上无心云相逐。

登柳州城楼寄漳汀封连四州

【唐】柳宗元

城上高楼接大荒，海天愁思正茫茫。
惊风乱飐芙蓉水，密雨斜侵薜荔墙。
岭树重遮千里目，江流曲似九回肠。
共来百越文身地，犹自音书滞一乡。

西土蓮華
法雀青蚓布慧安寫於飛雲閣

因过竹院逢僧话
又得浮生半日闲

题鹤林寺僧舍

【唐】李涉

终日昏昏醉梦间，忽闻春尽强登山。
因过竹院逢僧话，又得浮生半日闲。

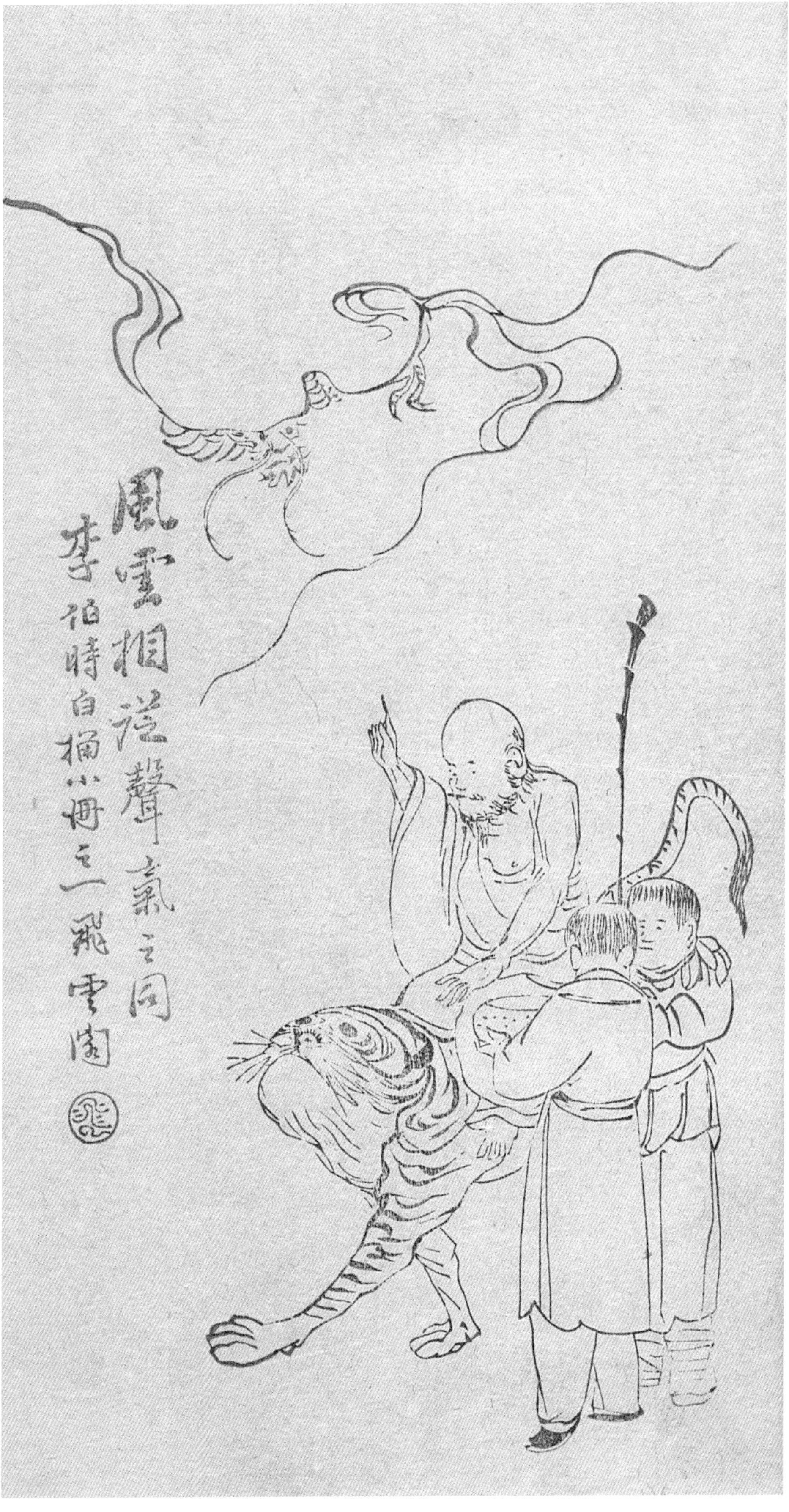
風雲相從聲氣之同
李伯時白描小冊之一飛雲閣

曾经沧海难为水
除却巫山不是云

离思五首

【唐】元稹

自爱残妆晓镜中，环钗漫簪绿丝丛。
须臾日射燕脂颊，一朵红苏旋欲融。

山泉散漫绕阶流，万树桃花映小楼。
闲读道书慵未起，水晶帘下看梳头。

红罗著压逐时新，吉了花纱嫩麹尘。
第一莫嫌材地弱，些些纰缦最宜人。

曾经沧海难为水，除却巫山不是云。
取次花丛懒回顾，半缘修道半缘君。

寻常百种花齐发，偏摘梨花与白人。
今日江头两三树，可怜和叶度残春。

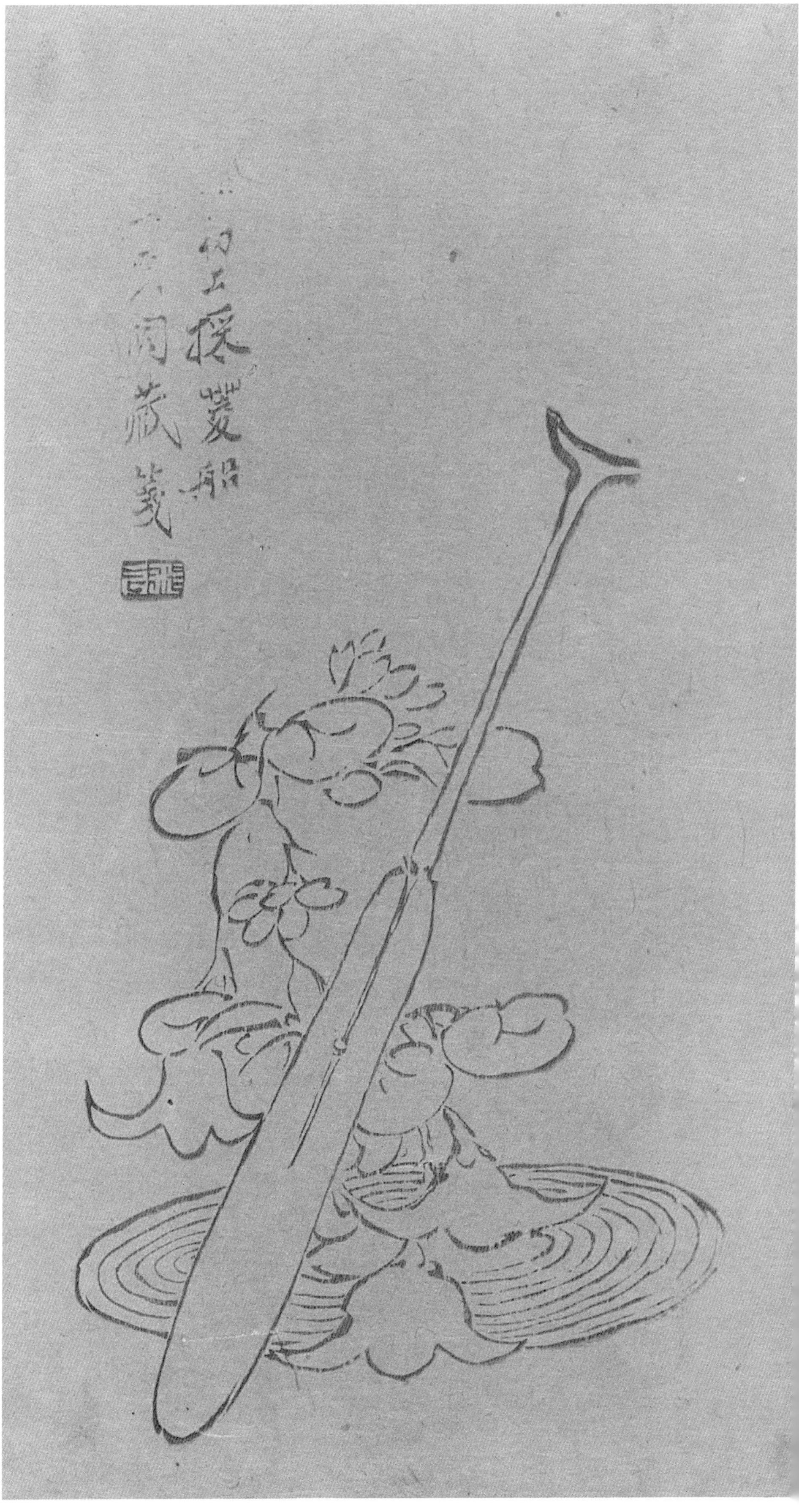
上採菱船
閣藏箋

题李凝幽居

【唐】贾岛

闲居少邻并，草径入荒园。
鸟宿池边树，僧敲月下门。
过桥分野色，移石动云根。
暂去还来此，幽期不负言。

忆江上吴处士

【唐】贾岛

闽国扬帆去，蟾蜍亏复圆。
秋风生渭水，落叶满长安。
此地聚会夕，当时雷雨寒。
兰桡殊未返，消息海云端。

送无可上人

【唐】贾岛

圭峰霁色新，送此草堂人。
麈尾同离寺，蛩鸣暂别亲。
独行潭底影，数息树边身。
终有烟霞约，天台作近邻。

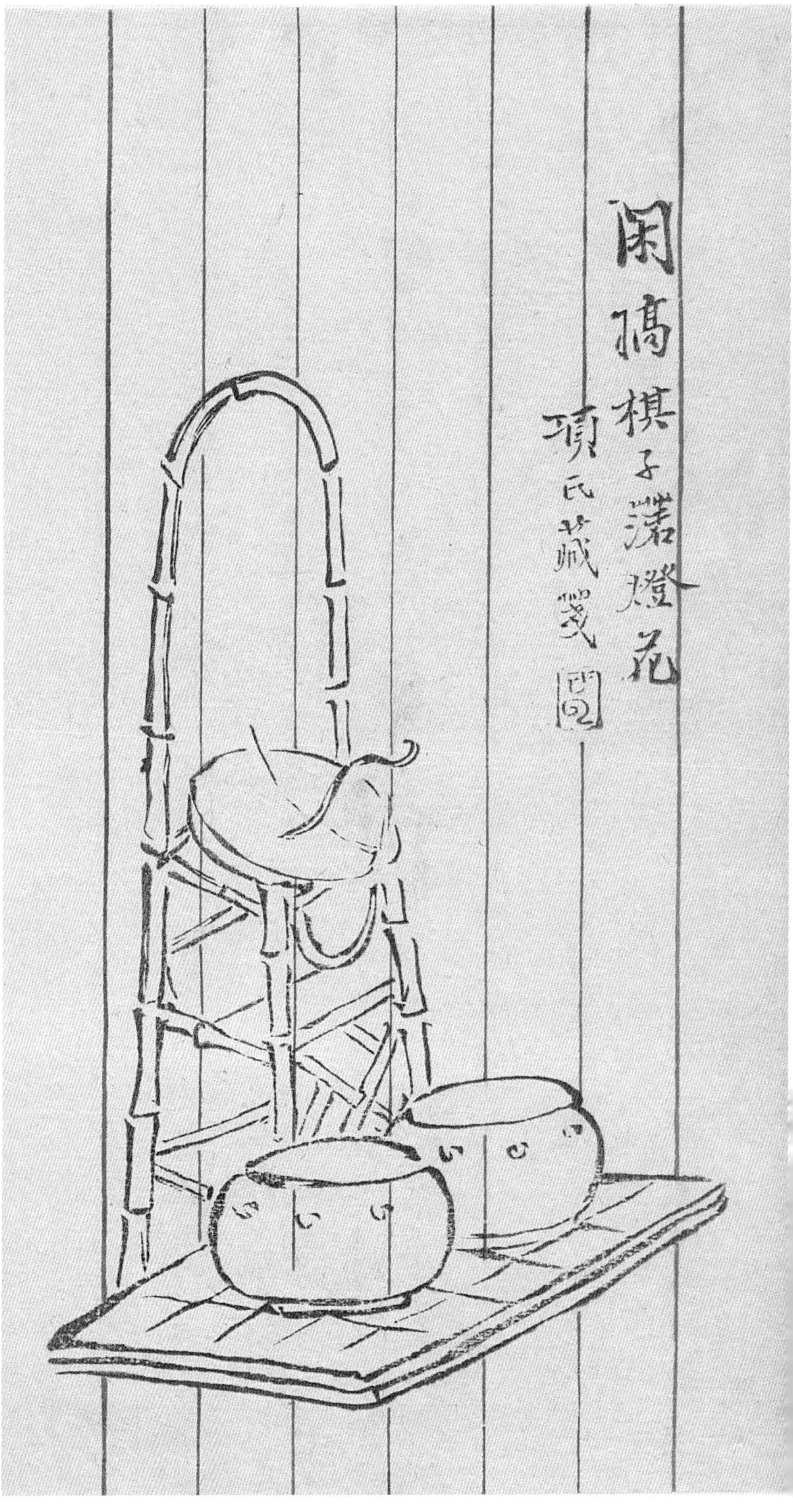
閑敲棋子落燈花
項氏藏箋

残云归太华
疏雨过中条

秋日赴阙题潼关驿楼

【唐】许浑

红叶晚萧萧，长亭酒一瓢。
残云归太华，疏雨过中条。
树色随山迥，河声入海遥。
帝乡明日到，犹自梦渔樵。

一片冰心在玉壺
頌堯雲間監製

梦天

【唐】李贺

老兔寒蟾泣天色，云楼半开壁斜白。
玉轮轧露湿团光，鸾佩相逢桂香陌。
黄尘清水三山下，更变千年如走马。
遥望齐州九点烟，一泓海水杯中泻。

金铜仙人辞汉歌

【唐】李贺

茂陵刘郎秋风客，夜闻马嘶晓无迹。
画栏桂树悬秋香，三十六宫土花碧。
魏官牵车指千里，东关酸风射眸子。
空将汉月出宫门，忆君清泪如铅水。
衰兰送客咸阳道，天若有情天亦老。
携盘独出月荒凉，渭城已远波声小。

羅衣欲換更添香
飛雲閣製箋 錄唐詩句

【唐】杜牧

寄扬州韩绰判官

青山隐隐水迢迢，
秋尽江南草未凋。
二十四桥明月夜，
玉人何处教吹箫。

秋夕

银烛秋光冷画屏，
轻罗小扇扑流萤。
天阶夜色凉如水，
卧看牵牛织女星。

题宣州开元寺水阁阁下宛溪夹溪居人

六朝文物草连空，天淡云闲今古同。
鸟去鸟来山色里，人歌人哭水声中。
深秋帘幕千家雨，落日楼台一笛风。
惆怅无日见范蠡，参差烟树五湖东。

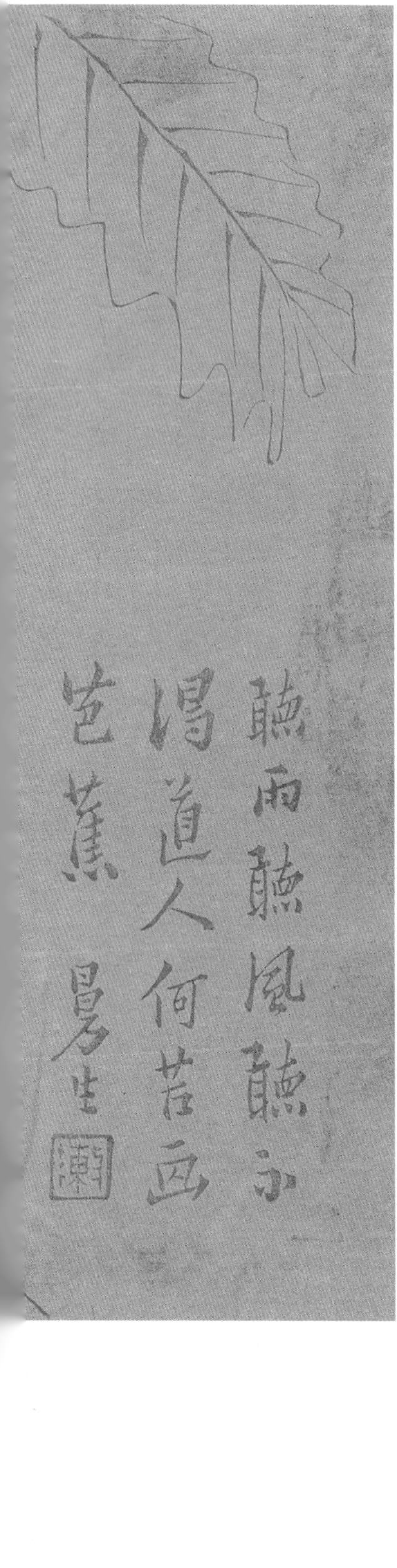

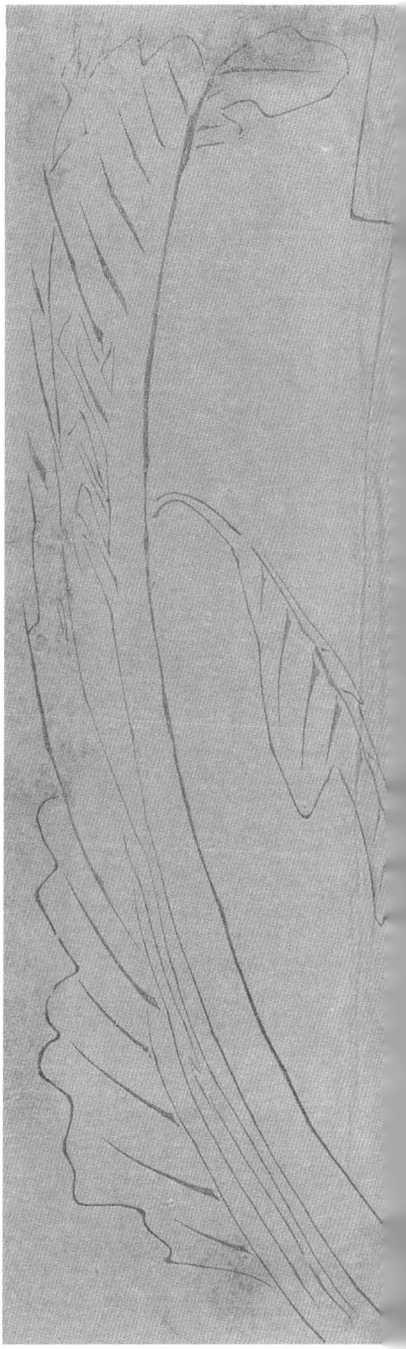

将赴吴兴登乐游原一绝

清时有味是无能，
闲爱孤云静爱僧。
欲把一麾江海去，
乐游原上望昭陵。

金谷园

繁华事散逐香尘，
流水无情草自春。
日暮东风怨啼鸟，
落花犹似堕楼人。

赠别二首

娉娉袅袅十三馀，豆蔻梢头二月初。
春风十里扬州路，卷上珠帘总不如。
多情却似总无情，唯觉樽前笑不成。
蜡烛有心还惜别，替人垂泪到天明。

刘郎已恨蓬山远
更隔蓬山一万重

无题四首（之一之二）

【唐】李商隐

来是空言去绝踪，月斜楼上五更钟。
梦为远别啼难唤，书被催成墨未浓。
蜡照半笼金翡翠，麝熏微度绣芙蓉。
刘郎已恨蓬山远，更隔蓬山一万重。
飒飒东风细雨来，芙蓉塘外有轻雷。
金蟾啮锁烧香入，玉虎牵丝汲井回。
贾氏窥帘韩掾少，宓妃留枕魏王才。
春心莫共花争发，一寸相思一寸灰。

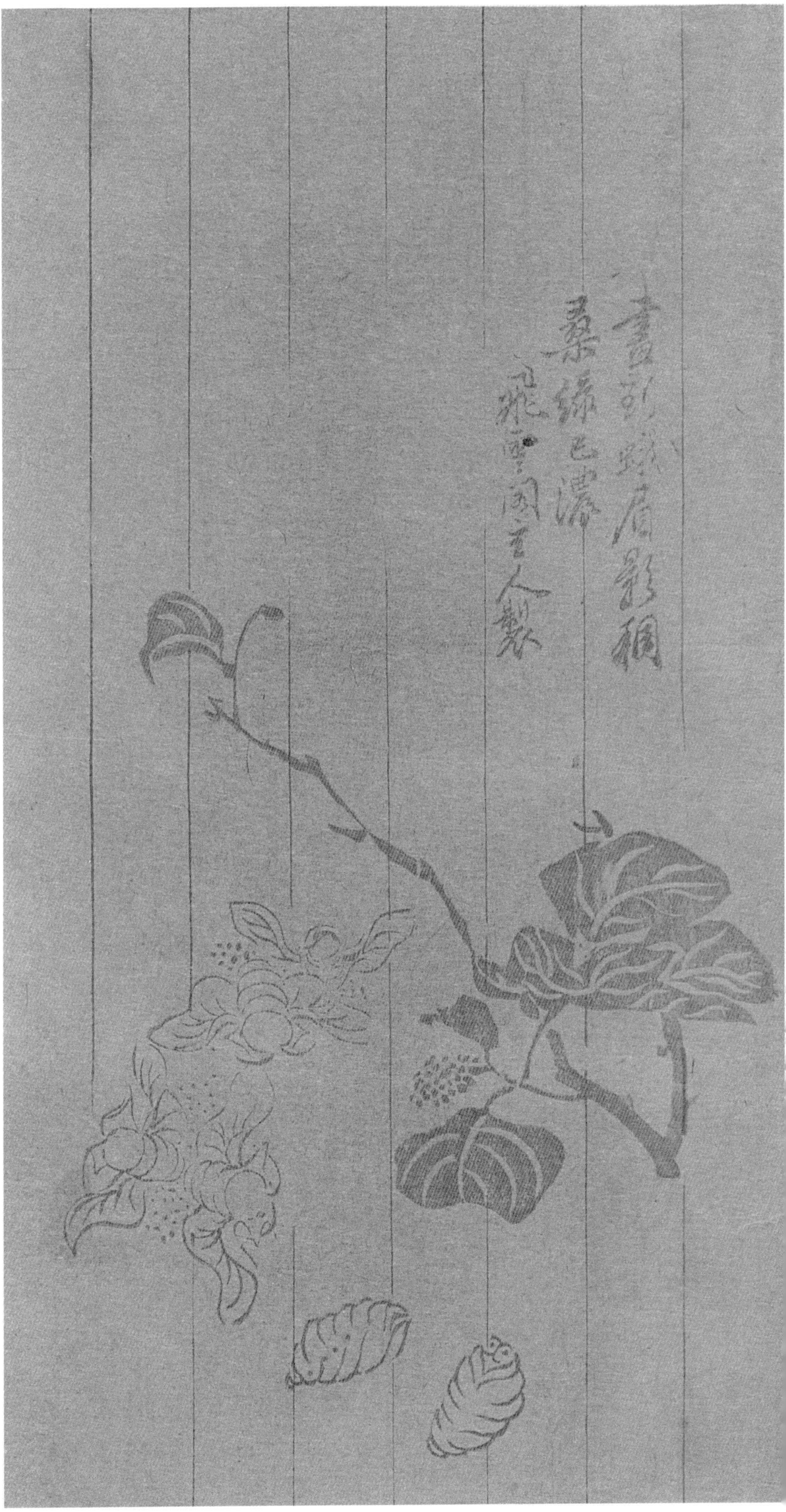
桑綠已濃
飛雲閣主人製

锦瑟

【唐】李商隐

锦瑟无端五十弦，一弦一柱思华年。
庄生晓梦迷蝴蝶，望帝春心托杜鹃。
沧海月明珠有泪，蓝田日暖玉生烟。
此情可待成追忆？只是当时已惘然。

无题

【唐】李商隐

昨夜星辰昨夜风，画楼西畔桂堂东。
身无彩凤双飞翼，心有灵犀一点通。
隔座送钩春酒暖，分曹射覆蜡灯红。
嗟余听鼓应官去，走马兰台类转蓬。

宿骆氏亭寄怀崔雍崔衮

【唐】李商隐

竹坞无尘水槛清，相思迢递隔重城。
秋阴不散霜飞晚，留得枯荷听雨声。

卧雲山館藏牋
祿鶴主人雅屬
清谿樵子寫

江楼感旧

【唐】赵嘏

独上江楼思渺然，月光如水水如天。
同来望月人何处，风影依稀似去年。

商山早行

【唐】温庭筠

晨起动征铎，客行悲故乡。
鸡声茅店月，人迹板桥霜。
槲叶落山路，枳花明驿墙。
因思杜陵梦，凫雁满回塘。

台　城

【唐】韦庄

江雨霏霏江草齐，六朝如梦鸟空啼。
无情最是台城柳，依旧烟笼十里堤。

魏城逢故人

【唐】罗隐

一年两度锦城游，前值东风后值秋。
芳草有情皆碍马，好云无处不遮楼。
山将别恨和心断，水带离声入梦流。
今日因君试回首，淡烟乔木隔绵州。

和袭美春夕酒醒

【唐】陆龟蒙

几年无事傍江湖，醉倒黄公旧酒垆。
觉后不知明月上，满身花影倩人扶。

春夕

【唐】崔涂

水流花谢两无情，送尽东风过楚城。
胡蝶梦中家万里，子规枝上月三更。
故园书动经年绝，华发春唯满镜生。
自是不归归便得，五湖烟景有谁争。

万壑有声含晚籁
数峰无语立斜阳

村行

【宋】王禹偁

马穿山径菊初黄，信马悠悠野兴长。
万壑有声含晚籁，数峰无语立斜阳。
棠梨叶落胭脂色，荞麦花开白雪香。
何事吟余忽惆怅，村桥原树似吾乡。

白云满地无人扫

寻隐者不遇

【宋】魏野

寻真误入蓬莱岛，
香风不动松花老。
采芝何处未归来，
白云满地无人扫。

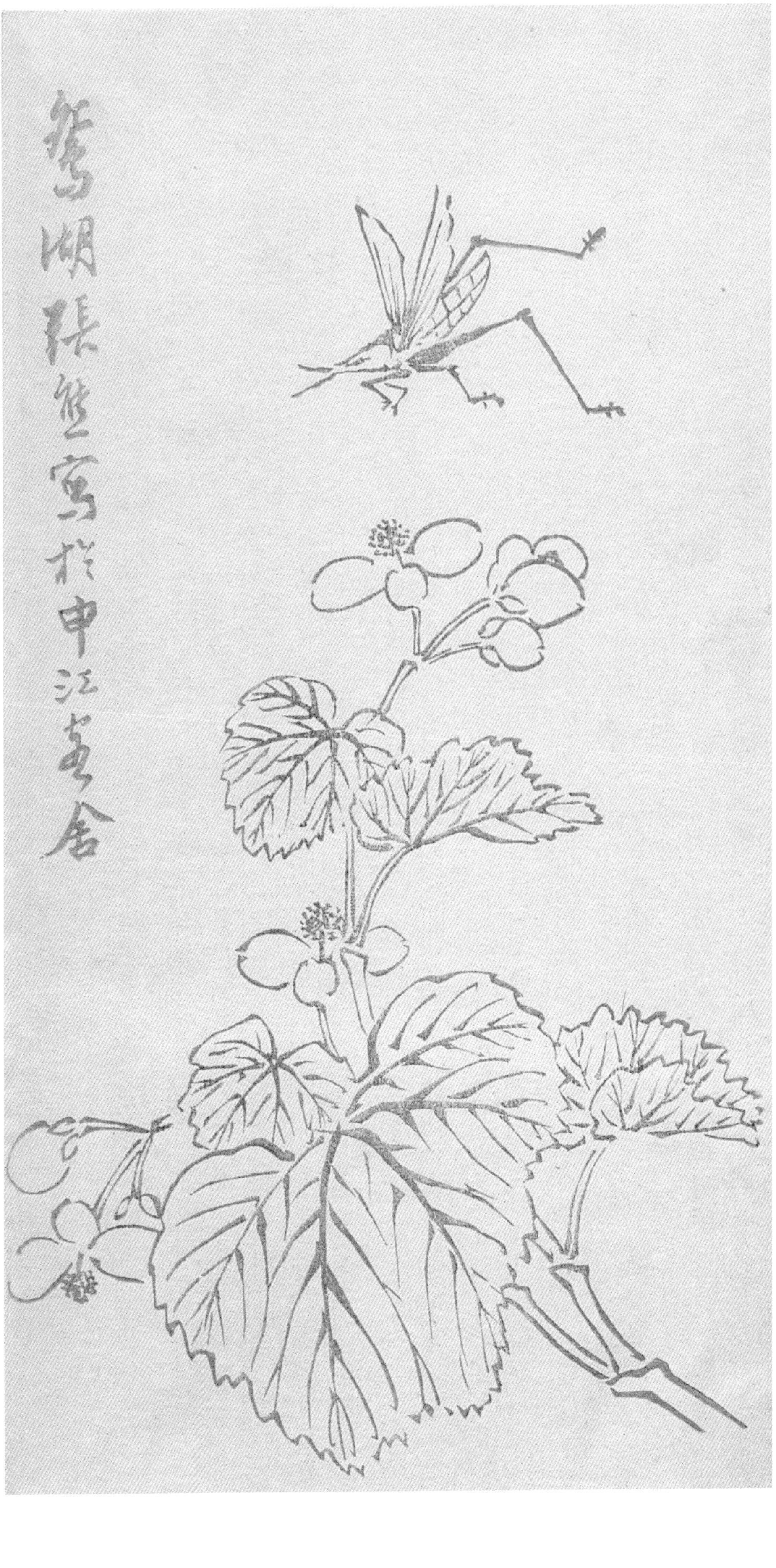
鴛湖張熊寫於申江寓舍

洗砚鱼吞墨
烹茶鹤避烟

书友人屋壁

【宋】魏野

达人轻禄位，居处傍林泉。
洗砚鱼吞墨，烹茶鹤避烟。
娴惟歌圣代，老不恨流年。
静想闲来者，还应我最偏。

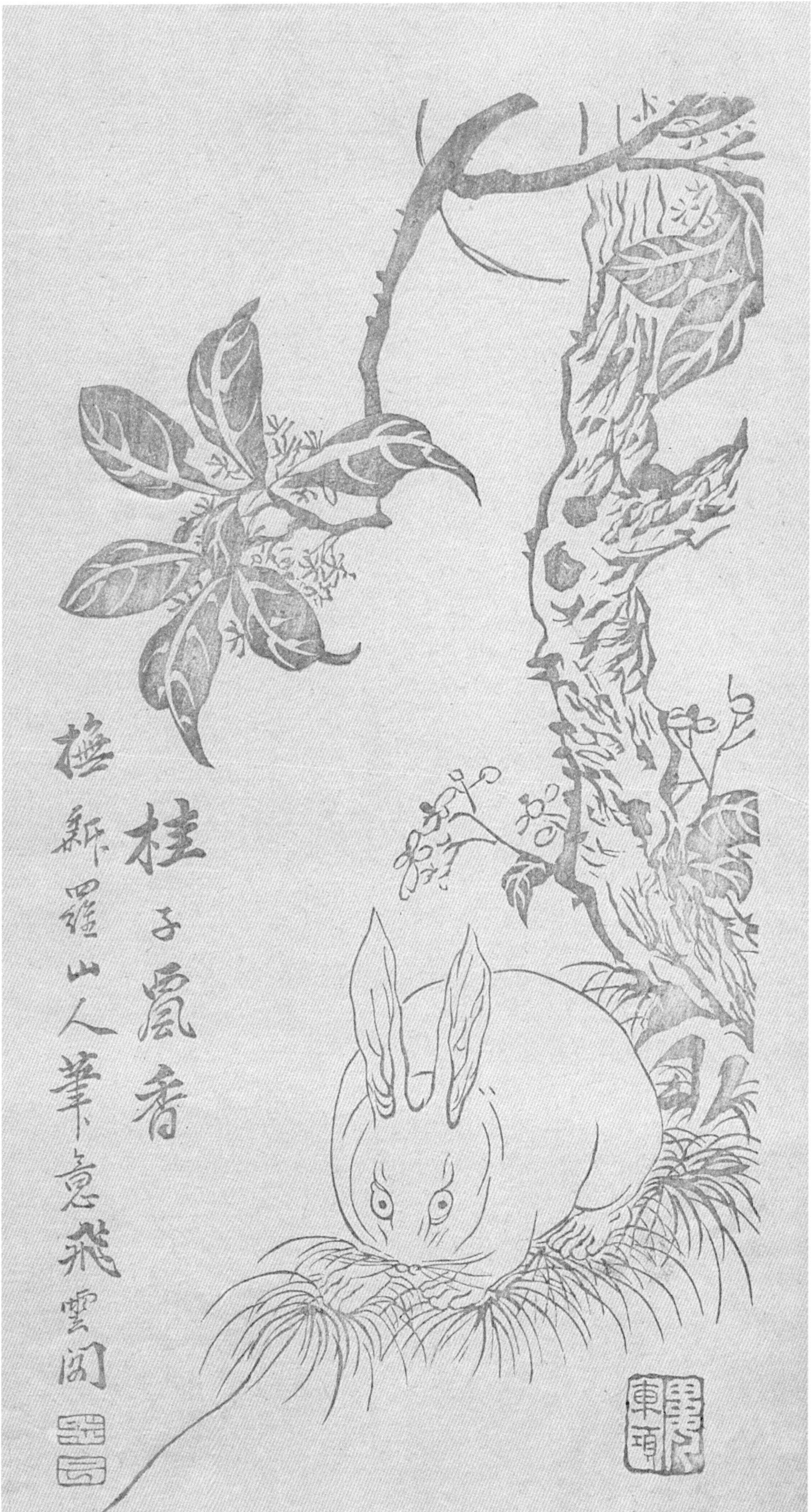
桂子風香
擬新羅山人筆意 飛雲閣

疏影横斜水清浅
暗香浮动月黄昏

山园小梅

【宋】林逋

众芳摇落独暄妍，占尽风情向小园。
疏影横斜水清浅，暗香浮动月黄昏。
霜禽欲下先偷眼，粉蝶如知合断魂。
幸有微吟可相狎，不须檀板共金尊。

指日封侯
法新羅意 飛雲閣藏箋

要看银山拍天浪
开窗放入大江来

宿甘露寺僧舍

【宋】曾公亮

枕中云气千峰近，床底松声万壑哀。
要看银山拍天浪，开窗放入大江来。

三陽開泰
摹宋人筆意飛雲閣

人家在何许
云外一声鸡

鲁山山行

【宋】梅尧臣

适与野情惬，千山高复低。
好峰随处改，幽径独行迷。
霜落熊升树，林空鹿饮溪。
人家在何许？云外一声鸡。

富貴耄耋
仿新羅山人本 飛雲閣摹

春风疑不到天涯
二月山城未见花

戏答元珍

【宋】欧阳修

春风疑不到天涯，二月山城未见花。
残雪压枝犹有桔，冻雷惊笋欲抽芽。
夜闻归雁生乡思，病入新年感物华。
曾是洛阳花下客，野芳虽晚不须嗟。

笠蔭暍茶去渴
是二是一偈無說
井南摹桑連理館本

西楼

【宋】曾巩

海浪如云去却回，北风吹起数声雷。
朱楼四面钩疏箔，卧看千山急雨来。

乡思

【宋】李觏

人言落日是天涯，望极天涯不见家。
已恨碧山相阻隔，碧山还被暮云遮。

人言落日是天涯
望极天涯不见家

春夜

【宋】王安石

金炉香烬漏声残，翦翦轻风阵阵寒。
春色恼人眠不得，月移花影上栏杆。

钟山即事

【宋】王安石

涧水无声绕竹流，竹西花草弄春柔。
茅檐相对坐终日，一鸟不鸣山更幽。

万物静观皆自得
四时佳兴与人同

秋日

【宋】程颢

闲来无事不从容，睡觉东窗日已红。
万物静观皆自得，四时佳兴与人同。
道通天地有形外，思入风云变态中。
富贵不淫贫贱乐，男儿到此是豪雄。

玉映清華

子规夜半犹啼血
不信东风唤不回

送春

【宋】王令

三月残花落更开，小檐日日燕飞来。
子规夜半犹啼血，不信东风唤不回。

汲清泉瀹
新茗寫竹枝
宜賦詩
飛雲閣主人
橅古并題

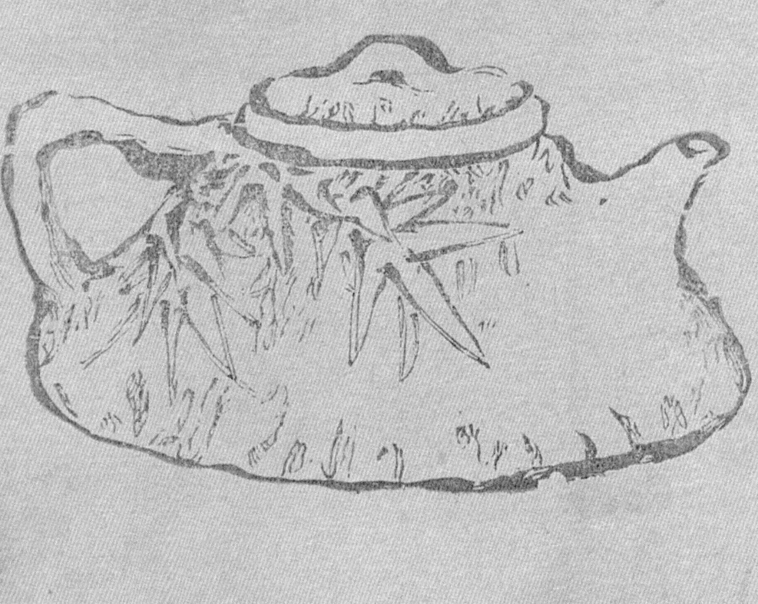

数声柔橹苍茫外
何处江村人夜归

秋江

【宋】道潜

赤叶枫林落酒旗，白沙洲渚阳已微。
数声柔橹苍茫外，何处江村人夜归。

井養不窮
是以知汲古之
功　曼生銘
井南摹

和子由渑池怀旧

【宋】苏轼

人生到处知何似，应似飞鸿踏雪泥。
泥上偶然留指爪，鸿飞那复计东西。
老僧已死成新塔，坏壁无由见旧题。
往日崎岖还记否，路长人困蹇驴嘶。

于潜僧绿筠轩

【宋】苏轼

宁可食无肉，不可居无竹。无肉令人瘦，无竹令人俗。
人瘦尚可肥，士俗不可医。旁人笑此言，似高还似痴。
若对此君仍大嚼，世间哪有扬州鹤？

至富者道至
貴者治君子
樂之長久益
極、項孔雲湖

文登石诗

【宋】苏轼

蓬莱海上峰，玉立色不改。
孤根捍滔天，云骨有破碎。
阳侯杀廉角，阴火发光彩。
累累弹丸间，琐细或珠琲。
阎浮一沤耳，真妄果安在。
我持此石归，袖中有东海。
垂慈老人眼，俯仰了大块。
置之盆盎中，日与山海对。
明年菖蒲根，连络不可解。
倘有蟠桃生，旦暮犹可待。

我持此石归
袖中有东海

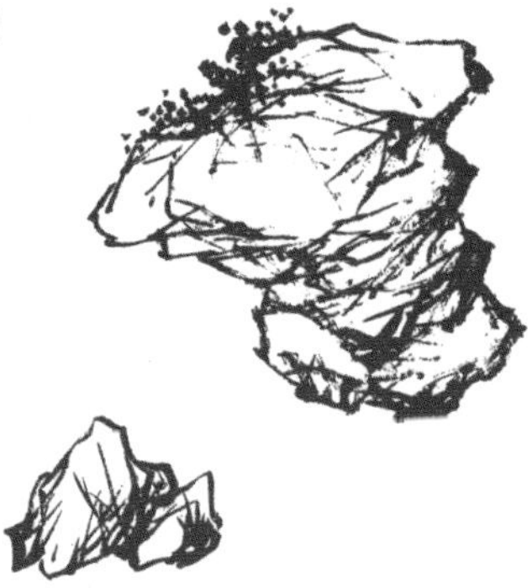

東籬采菊
研雲館主人庸寫於申江客次

赠刘景文

【宋】苏轼

荷尽已无擎雨盖，菊残犹有傲霜枝。
一年好景君须记，最是橙黄橘绿时。

春　宵

【宋】苏轼

春宵一刻值千金，花有清香月有阴。
歌管楼台声细细，秋千院落夜沉沉。

澄迈驿通潮阁二首·其一

【宋】苏轼

倦客愁闻归路遥，眼明飞阁俯长桥。
贪看白鹭横秋浦，不觉青林没晚潮。

题落星寺四首·其三

【宋】黄庭坚

落星开士深结屋，龙阁老翁来赋诗。
小雨藏山客坐久，长江接天帆到迟。
宴寝清香与世隔，画图妙绝无人知。
蜂房各自开户牖，处处煮茶藤一枝。

寄黄几复

【宋】黄庭坚

我居北海君南海，寄雁传书谢不能。
桃李春风一杯酒，江湖夜雨十年灯。
持家但有四立壁，治病不蕲三折肱。
想见读书头已白，隔溪猿哭瘴溪藤。

次元明韵寄子由

【宋】黄庭坚

半世交亲随逝水，几人图画入凌烟？
春风春雨花经眼，江北江南水拍天。
欲解铜章行问道，定知石友许忘年。
脊令各有思归恨，日月相催雪满颠。

山静似太古
日长如小年

醉眠

【宋】唐庚

山静似太古，日长如小年。
馀花犹可醉，好鸟不妨眠。
世味门常掩，时光簟已便。
梦中频得句，拈笔又忘筌。

蓮坐師
擬宋人筆法 項飛雲閣製

绿阴不减来时路
添得黄鹂四五声

三衢道中

【宋】曾几

梅子黄时日日晴，小溪泛尽却山行。
绿阴不减来时路，添得黄鹂四五声。

東坡琴韻
淸年氏寫

卧看满天云不动
不知云与我俱东

襄邑道中

【宋】陈与义

飞花两岸照船红，百里榆堤半日风。
卧看满天云不动，不知云与我俱东。

涉雪尋楳
員嶠隨隱邱庸作

临安春雨初霁

【宋】陆游

世味年来薄似纱，谁令骑马客京华。
小楼一夜听春雨，深巷明朝卖杏花。
矮纸斜行闲作草，晴窗细乳戏分茶。
素衣莫起风尘叹，犹及清明可到家。

游山西村

【宋】陆游

莫笑农家腊酒浑，丰年留客足鸡豚。
山重水复疑无路，柳暗花明又一村。
箫鼓追随春社近，衣冠简朴古风存。
从今若许闲乘月，拄杖无时夜叩门。

元章拜石
摹新羅法為蘭瑞主人作
蘭瑞

剑门道中遇微雨

【宋】陆游

衣上征尘杂酒痕，远游无处不消魂。
此身合是诗人未？细雨骑驴入剑门。

书愤五首·其一

【宋】陆游

早岁那知世事艰，中原北望气如山。
楼船夜雪瓜洲渡，铁马秋风大散关。
塞上长城空自许，镜中衰鬓已先斑。
出师一表真名世，千载谁堪伯仲间！

落帽龍山

擬唐子畏筆意飛雲閣

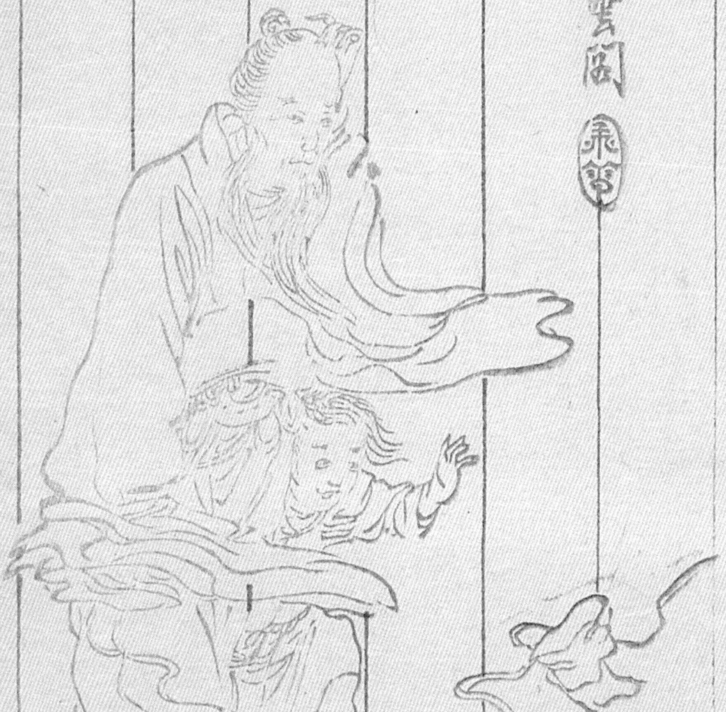

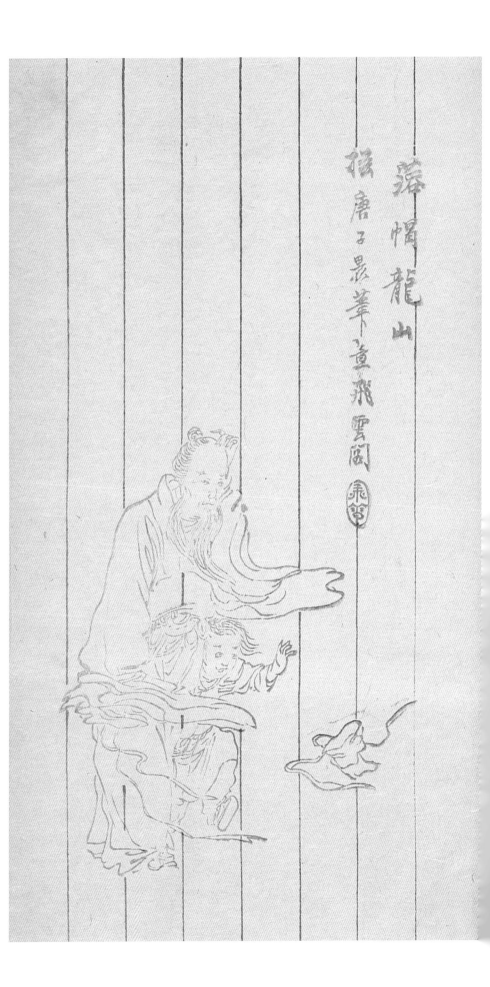

晓行望云山

【宋】杨万里

霁天欲晓未明间，满目奇峰总可观。

却有一峰忽然长，方知不动是真山。

舟过谢潭三首·其三

【宋】杨万里

碧酒时倾一两杯，船门才闭又还开。

好山万皱无人见，都被斜阳拈出来。

舉盃邀月
餘伯寫

。【宋】朱熹

春日

胜日寻芳泗水滨，无边光景一时新。
等闲识得东风面，万紫千红总是春。

观书有感二首·其一

半亩方塘一鉴开，天光云影共徘徊。
问渠那得清如许？为有源头活水来。

水口行舟

昨夜扁舟雨一蓑，满江风浪夜如何。
今朝试卷孤篷看，依旧青山绿树多。

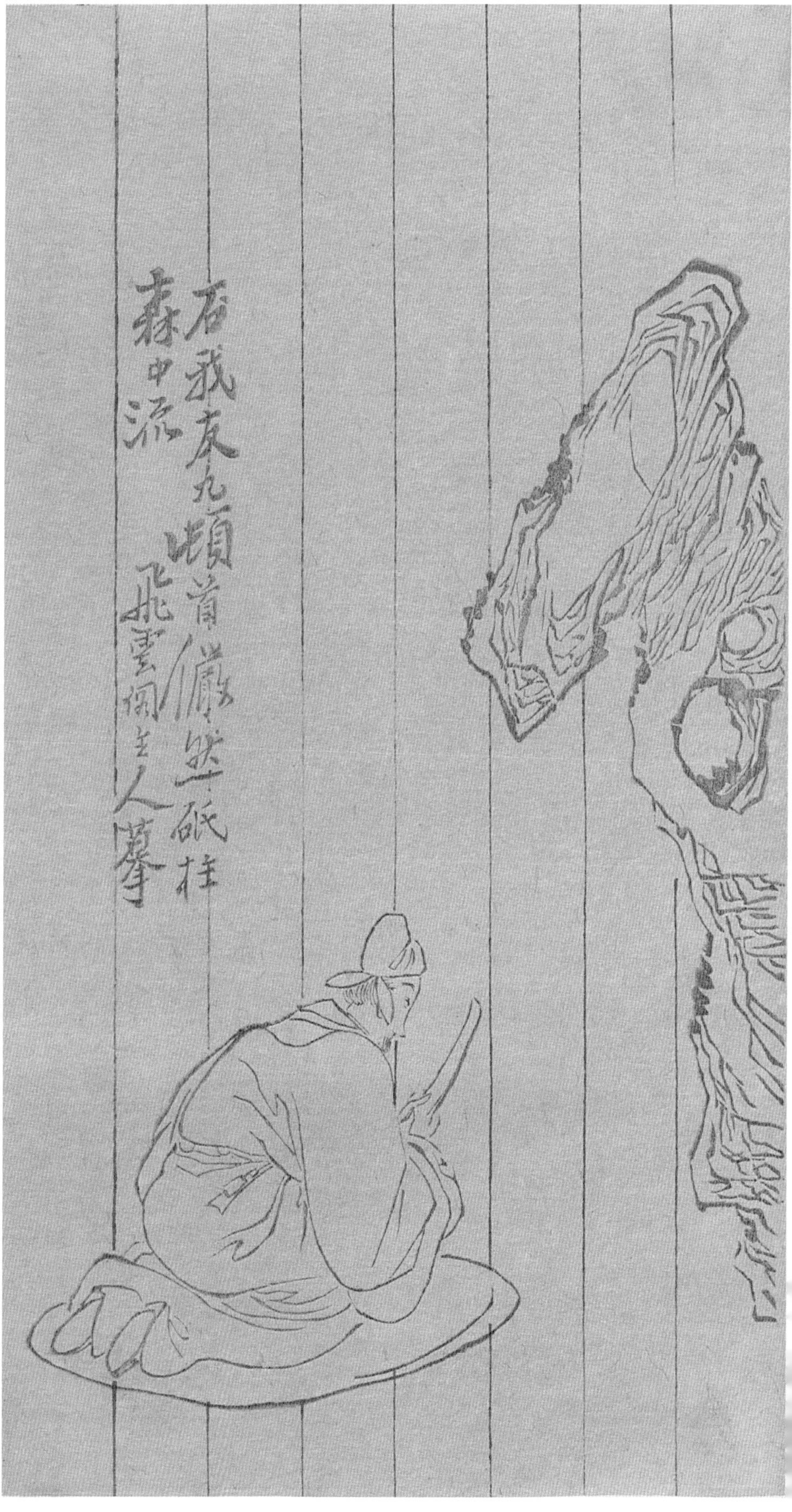
石我友九頓首儼然砥柱森中流
飛雲閣主人摹

姚江

【宋】昙莹

沙尾鳞鳞水退潮，柳行出没见渔樵。
客船自载钟声去，落日残僧立寺桥。

过垂虹

【宋】姜夔

自作新词韵最娇，小红低唱我吹箫。
曲终过尽松陵路，回首烟波十四桥。

采菊東籬下悠然
見南山
飛雲閣主人

有约不来过夜半
闲敲棋子落灯花

约客

【宋】赵师秀

黄梅时节家家雨，
青草池塘处处蛙。
有约不来过夜半，
闲敲棋子落灯花。

現壽者相
陳老蓮嘗寫此

寒　夜

【宋】杜耒

寒夜客来茶当酒，竹炉汤沸火初红。
寻常一样窗前月，才有梅花便不同。

九华山

【宋】潘阆

将齐华岳犹多六，若并巫山又欠三。
好是雨余江上望，白云堆里泼浓蓝。

湖　上

【宋】徐元杰

花开红树乱莺啼，草长平湖白鹭飞。

风日晴和人意好，夕阳箫鼓几船归。

绝　句

【宋】志南

古木阴中系短篷，杖藜扶我过桥东。

沾衣欲湿杏花雨，吹面不寒杨柳风。

村　晚

【宋】雷震

草满池塘水满陂，山衔落日浸寒漪。

牧童归去横牛背，短笛无腔信口吹。

绿遍山原白满川
子规声里雨如烟

乡村四月

【宋】翁卷

绿遍山原白满川，子规声里雨如烟。
乡村四月闲人少，才了蚕桑又插田。

枫桥夜泊
柳谷

词

何处是归程
长亭更短亭

菩萨蛮·平林漠漠烟如织

【唐】李白

平林漠漠烟如织，寒山一带伤心碧。暝色入高楼，有人楼上愁。
玉阶空伫立，宿鸟归飞急。何处是归程？长亭更短亭。

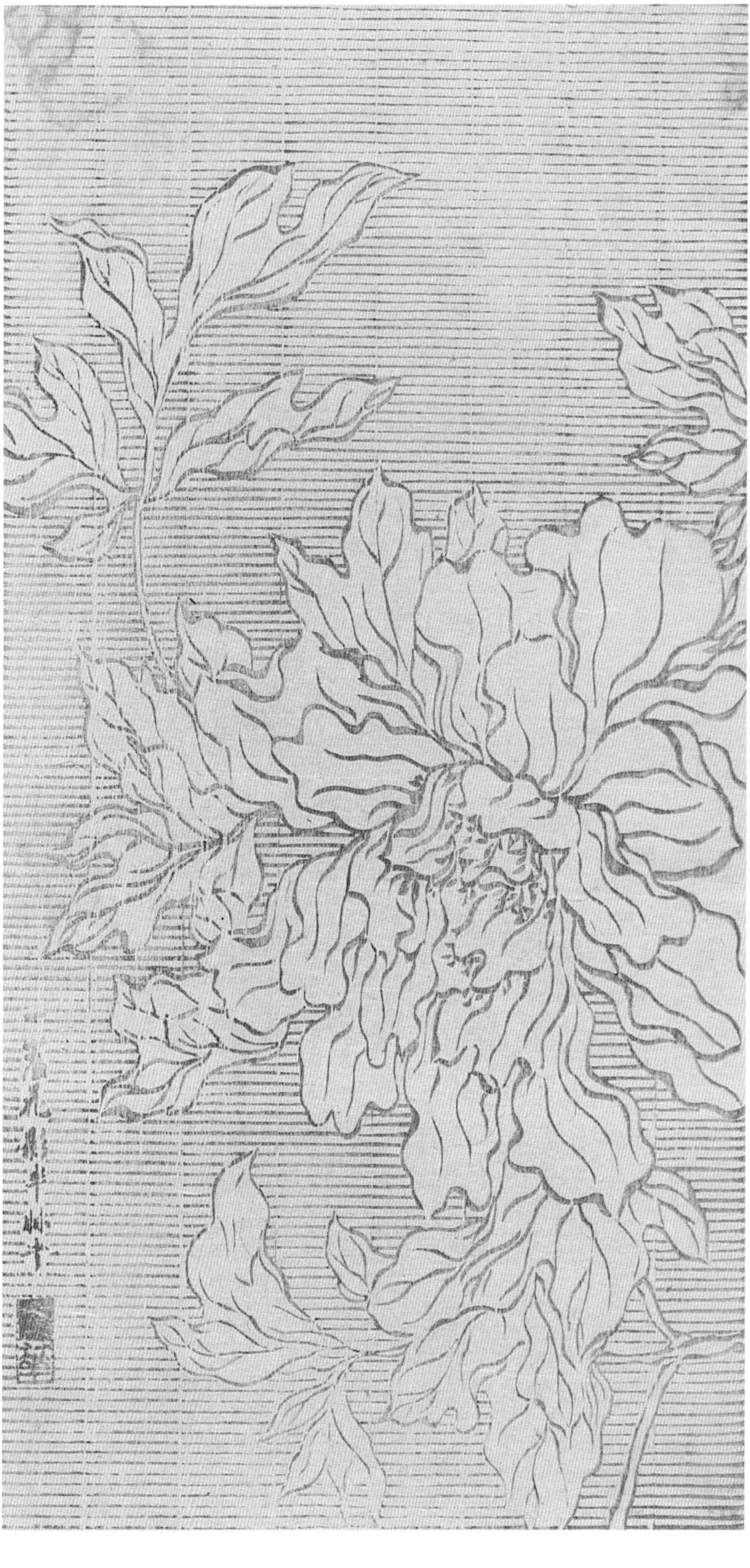

长相思·汴水流

【唐】白居易

汴水流，泗水流，流到瓜州古渡头。吴山点点愁。
思悠悠，恨悠悠，恨到归时方始休。月明人倚楼。

梦江南

【唐】温庭筠

千万恨，恨极在天涯。山月不知心里事，水风空落眼前花，摇曳碧云斜。
梳洗罢，独倚望江楼。过尽千帆皆不是，斜晖脉脉水悠悠，肠断白苹洲。

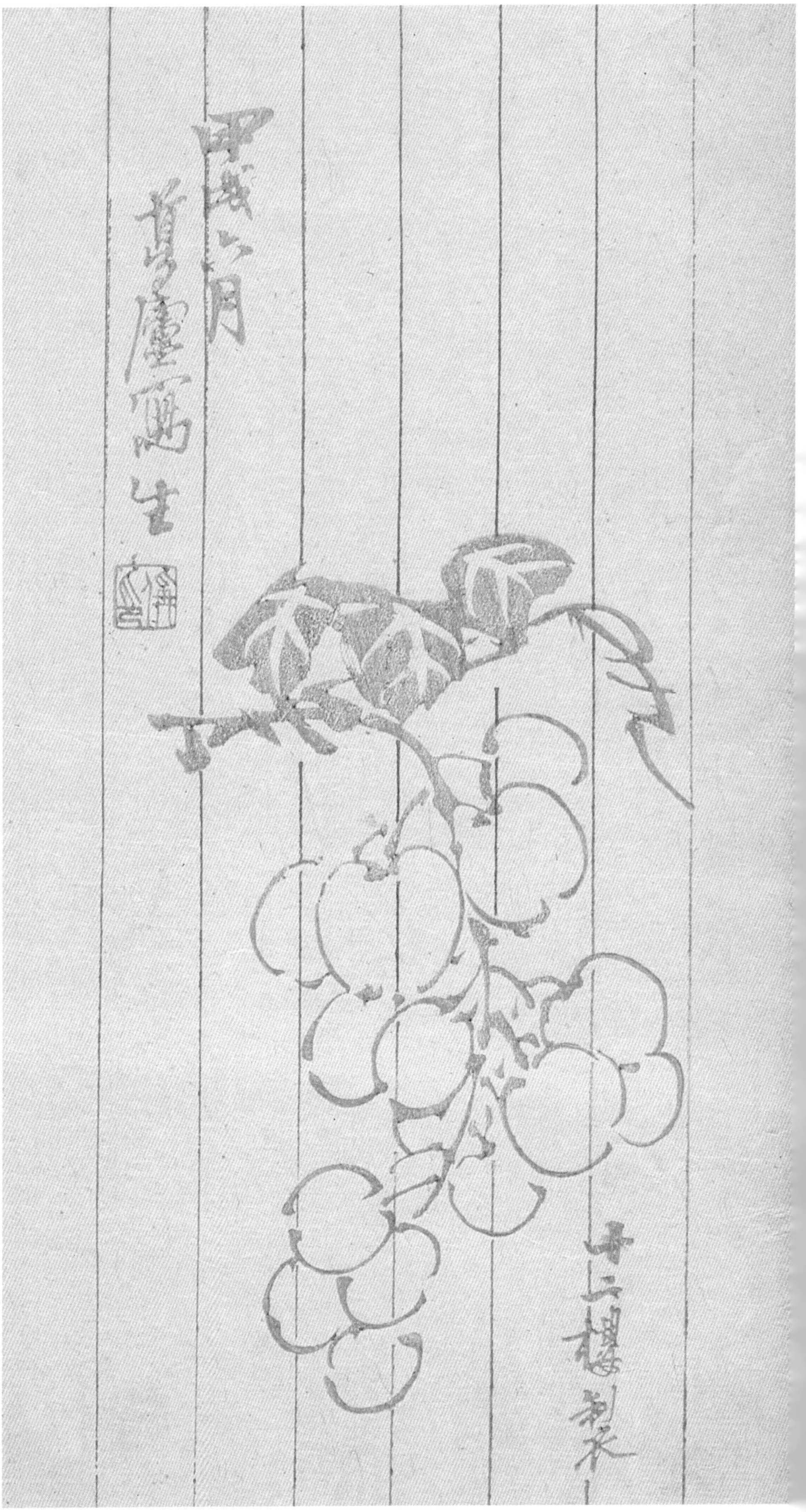
甲戌六月
蕢廬寫生
十二樓製

菩萨蛮·人人尽说江南好

【唐】韦庄

人人尽说江南好，游人只合江南老。春水碧于天，画船听雨眠。
垆边人似月，皓腕凝霜雪。未老莫还乡，还乡须断肠。

春水碧于天
画船听雨眠

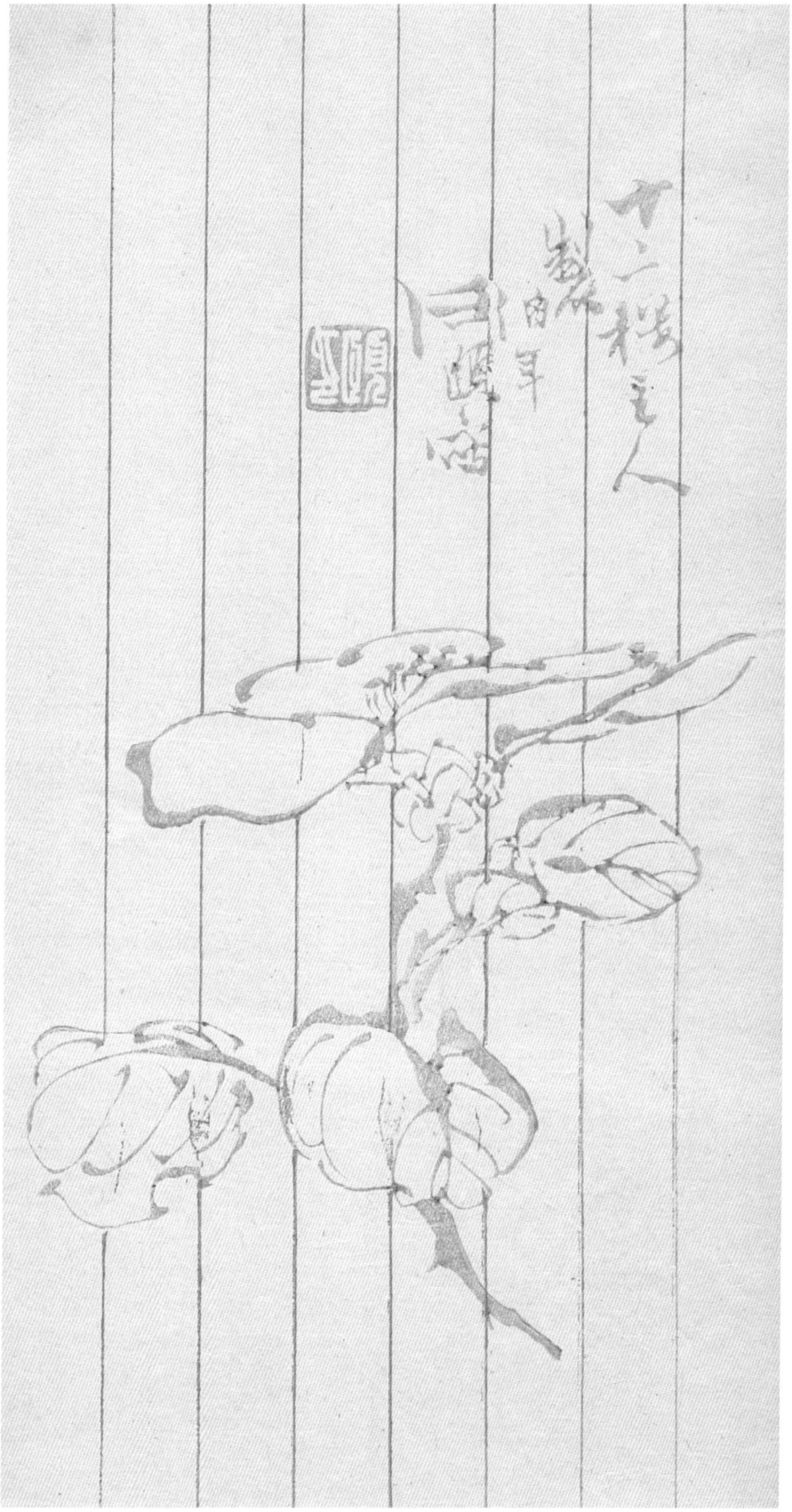

如梦　如梦　残月落花烟重

如梦令

【五代】李存勖

曾宴桃源深洞，一曲舞鸾歌凤。
长记别伊时，和泪出门相送。
如梦，如梦，残月落花烟重。

子祥寫十二樓主人製
十二樓

浣溪沙·其一

【五代】李璟

菡萏香销翠叶残，西风愁起绿波间。
还与韶光共憔悴，不堪看。
细雨梦回鸡塞远，小楼吹彻玉笙寒。
多少泪珠何限恨，倚栏杆。

浣溪沙·其二

【五代】李璟

手卷真珠上玉钩，依前春恨锁重楼。
风里落花谁是主？思悠悠。
青鸟不传云外信，丁香空结雨中愁。
回首绿波三楚暮，接天流。

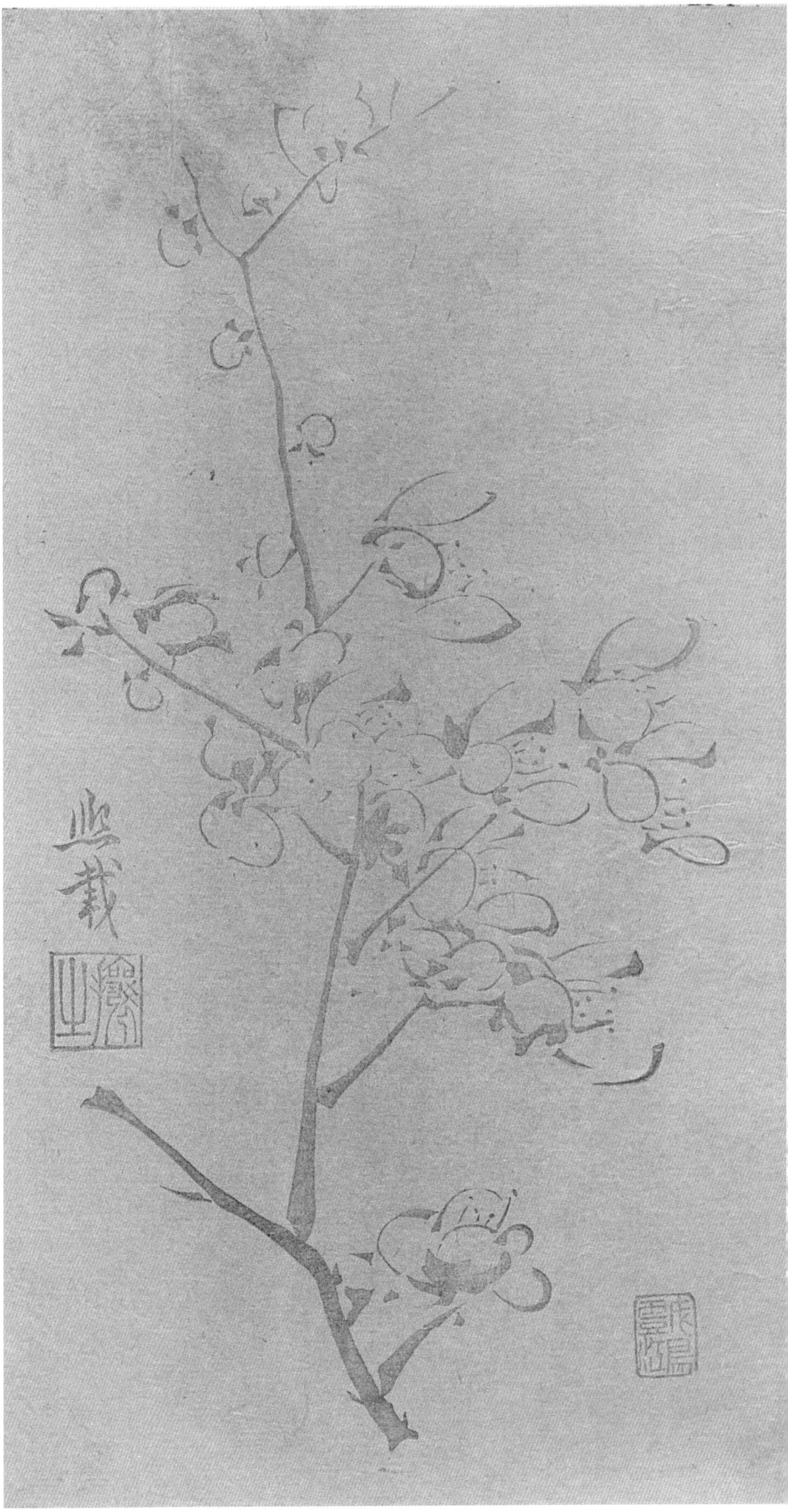

渔　父

【五代】李煜

浪花有意千里雪，桃花无言一队春。
一壶酒，一竿身，快活如侬有几人。

清平乐

【五代】李煜

别来春半，触目愁肠断。
砌下落梅如雪乱，拂了一身还满。
雁来音信无凭，路遥归梦难成。
离恨恰如春草，更行更远还生。

戲鴻堂

望江南

【五代】李煜

闲梦远，南国正芳春。船上管弦江面渌，满城飞絮辊轻尘。忙杀看花人！

闲梦远，南国正清秋。千里江山寒色远，芦花深处泊孤舟，笛在月明楼。

捣练子

【五代】李煜

深院静，小庭空，断续寒砧断续风。无奈夜长人不寐，数声和月到帘栊。

云鬓乱，晚妆残，带恨眉儿远岫攒。斜托香腮春笋嫩，为谁和泪倚阑干。

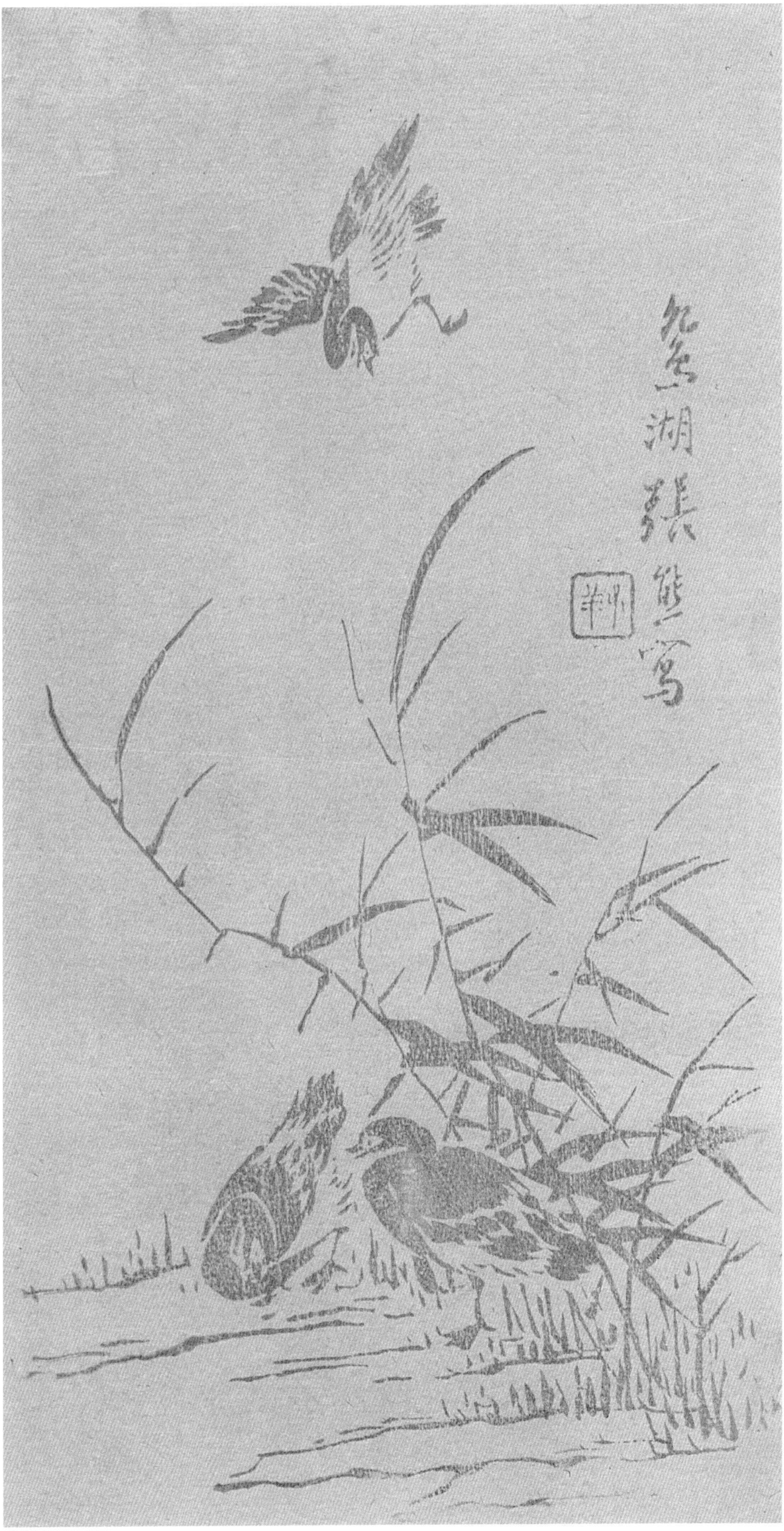
鴛湖張熊寫

相见欢

【五代】李煜

林花谢了春红，太匆匆。无奈朝来寒雨晚来风。
胭脂泪，相留醉，几时重。自是人生长恨水长东。

林花谢了春红　太匆匆　无奈朝来寒雨晚来风
胭脂泪　相留醉　几时重　自是人生长恨水长东

【五代】李煜

流水落花春去也　天上人间

浪淘沙令

帘外雨潺潺，春意阑珊。罗衾不耐五更寒。
梦里不知身是客，一晌贪欢。
独自莫凭栏，无限江山，别时容易见时难。
流水落花春去也，天上人间。

虞美人

春花秋月何时了？往事知多少。

小楼昨夜又东风，故国不堪回首月明中。

雕栏玉砌应犹在，只是朱颜改。

问君能有几多愁？恰似一江春水向东流。

相见欢

无言独上西楼，月如钩。寂寞梧桐深院锁清秋。

剪不断，理还乱，是离愁。别是一般滋味在心头。

望江南

多少恨，昨夜梦魂中。

还似旧时游上苑，车如流水马如龙。

花月正春风。

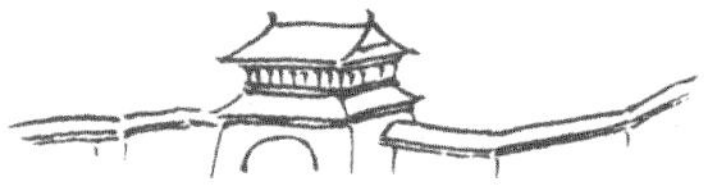

换我心　为你心　始知相忆深

诉衷情

【五代】顾敻

永夜抛人何处去？绝来音。香阁掩，眉敛，月将沉。争忍不相寻？怨孤衾。换我心，为你心，始知相忆深。

秋江小景 華喦

相思令

【宋】林逋

吴山青，越山青，两岸青山相送迎，争忍有离情？
君泪盈，妾泪盈，罗带同心结未成，江边潮已平。

君泪盈
妾泪盈
罗带同心结未成
江边潮已平

子祥張熊寫

今宵酒醒何处
杨柳岸　晓风残月

雨霖铃

【宋】柳永

寒蝉凄切，对长亭晚，骤雨初歇。
都门帐饮无绪，留恋处，兰舟催发。
执手相看泪眼，竟无语凝噎。
念去去，千里烟波，暮霭沉沉楚天阔。
多情自古伤离别，更哪堪，冷落清秋节！
今宵酒醒何处？杨柳岸，晓风残月。
此去经年，应是良辰好景虚设。
便纵有千种风情，更与何人说？

梅林歸雀
仿石谷子本
少谷

怒涛渐息　樵风乍起
更闻商旅相呼
望中酒旆闪闪　一簇烟村
数行霜树

夜半乐

【宋】柳永

冻云黯淡天气，扁舟一叶，乘兴离江渚。渡万壑千岩，越溪深处。怒涛渐息，樵风乍起，更闻商旅相呼。片帆高举。泛画鹢、翩翩过南浦。

望中酒旆闪闪，一簇烟村，数行霜树。残日下，渔人鸣榔归去。败荷零落，衰杨掩映，岸边两两三三，浣沙游女。避行客、含羞笑相语。

到此因念，绣阁轻抛，浪萍难驻。叹后约叮咛竟何据。惨离怀，空恨岁晚归期阻。凝泪眼、杳杳神京路。断鸿声远长天暮。

安營邱秋林野興圖

古隆祥

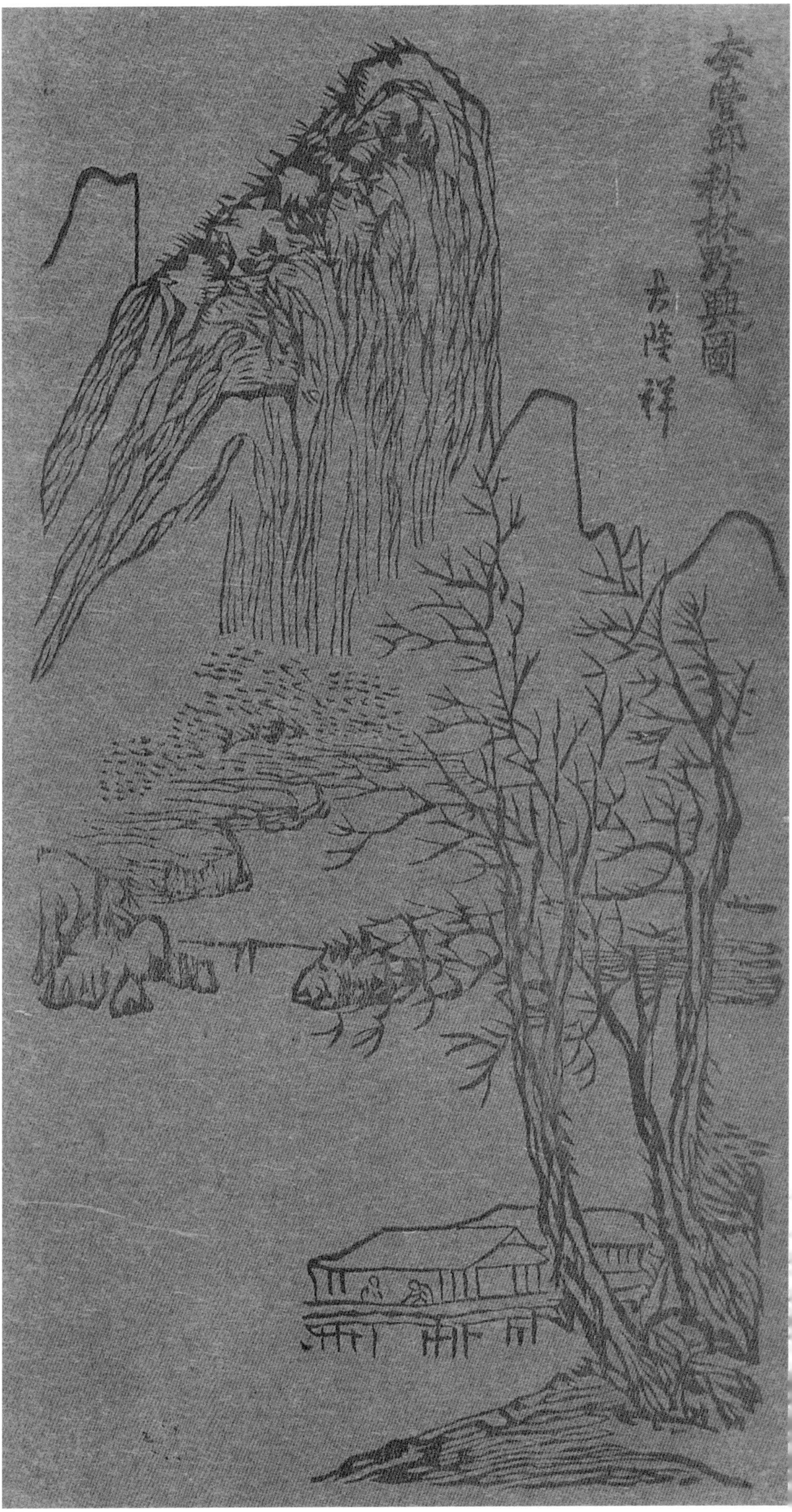

【宋】柳永

蝶恋花

伫倚危楼风细细，望极春愁，黯黯生天际。草色烟光残照里，无言谁会凭阑意。

拟把疏狂图一醉，对酒当歌，强乐还无味。衣带渐宽终不悔，为伊消得人憔悴。

八声甘州

对潇潇暮雨洒江天，一番洗清秋。渐霜风凄紧，关河冷落，残照当楼。是处红衰翠减，苒苒物华休。唯有长江水，无语东流。

不忍登高临远，望故乡渺邈，归思难收。叹年来踪迹，何事苦淹留？想佳人妆楼颙望，误几回，天际识归舟。争知我，倚阑杆处，正恁凝愁！

鹤冲天

黄金榜上，偶失龙头望。明代暂遗贤，如何向。未遂风云便，争不恣狂荡。何须论得丧？才子词人，自是白衣卿相。

烟花巷陌，依约丹青屏障。幸有意中人，堪寻访。且恁偎红倚翠，风流事，平生畅。青春都一饷。忍把浮名，换了浅斟低唱！

望海潮

东南形胜，三吴都会，钱塘自古繁华，烟柳画桥，风帘翠幕，参差十万人家。云树绕堤沙，怒涛卷霜雪，天堑无涯。市列珠玑，户盈罗绮，竞豪奢。

重湖叠巘清嘉。有三秋桂子，十里荷花。羌管弄晴，菱歌泛夜，嬉嬉钓叟莲娃。千骑拥高牙。乘醉听箫鼓，吟赏烟霞。异日图将好景，归去凤池夸。

碧云天　黄叶地
秋色连波　波上寒烟翠

苏幕遮

【宋】范仲淹

碧云天，黄叶地。秋色连波，波上寒烟翠。
山映斜阳天接水。芳草无情，更在斜阳外。
黯乡魂，追旅思。夜夜除非，好梦留人睡。
明月楼高休独倚。酒入愁肠，化作相思泪。

酒入愁肠　化作相思泪

平湖秋月
仿石谷子本
少石

千嶂里
长烟落日孤城闭

渔家傲·秋思

【宋】范仲淹

塞下秋来风景异，衡阳雁去无留意。
四面边声连角起，千嶂里，长烟落日孤城闭。
浊酒一杯家万里，燕然未勒归无计。
羌管悠悠霜满地，人不寐，将军白发征夫泪。

平沙落雁

木兰花·乙卯吴兴寒食

【宋】张先

龙头舴艋吴儿竞。笋柱秋千游女并。芳洲拾翠暮忘归，秀野踏青来不定。
行云去后遥山暝。已放笙歌池院静。中庭月色正清明，无数杨花过无影。

天仙子

【宋】张先

水调数声持酒听，午醉醒来愁未醒。送春春去几时回？临晚镜，伤流景，往事后期空记省。
沙上并禽池上暝，云破月来花弄影。重重帘幕密遮灯，风不定，人初静，明日落红应满径。

竹中高士

那堪更被明月　隔墙送过秋千影

青门引

【宋】张先

乍暖还轻冷。风雨晚来方定。庭轩寂寞近清明，残花中酒，又是去年病。

楼头画角风吹醒。入夜重门静。那堪更被明月，隔墙送过秋千影。

胡鐵梅寫籠鵝圖

浣溪沙

【宋】晏殊

一曲新词酒一杯，去年天气旧亭台。夕阳西下几时回？

无可奈何花落去，似曾相识燕归来。小园香径独徘徊。

蝶恋花

【宋】晏殊

槛菊愁烟兰泣露，罗幕轻寒，燕子双飞去。明月不谙离别苦，斜光到晓穿朱户。

昨夜西风凋碧树，独上高楼，望尽天涯路。欲寄彩笺兼尺素，山长水阔知何处？

孤山放寉
丁丑孟冬

【宋】欧阳修

生查子·元夕

去年元夜时，花市灯如昼。
月上柳梢头，人约黄昏后。
今年元夜时，月与灯依旧。
不见去年人，泪湿春衫袖。

采桑子

画船载酒西湖好，急管繁弦。
玉盏催传，稳泛平波任醉眠。
行云却在行舟下，空水澄鲜。
俯仰留连，疑是湖中别有天。

玉楼春·尊前拟把归期说

尊前拟把归期说，欲语春容先惨咽。
人生自是有情痴，此恨不关风与月。
离歌且莫翻新阕，一曲能教肠寸结。
直须看尽洛城花，始共春风容易别。

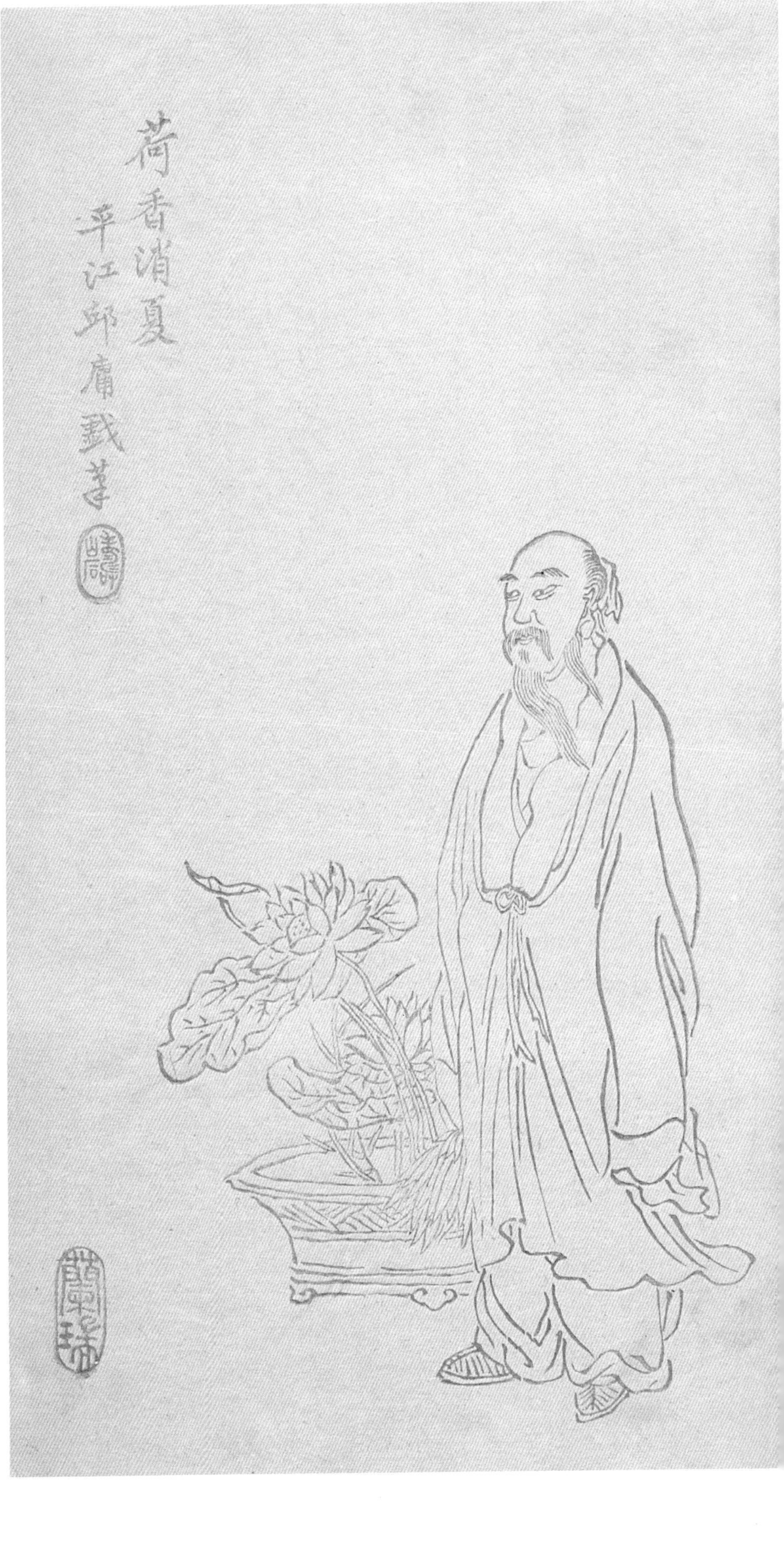
荷香消夏
平江邱庸戡筆

【宋】欧阳修

玉楼春·别后不知君远近

别后不知君远近，触目凄凉多少闷。
渐行渐远渐无书，水阔鱼沉何处问。
夜深风竹敲秋韵，万叶千声皆是恨。
故欹单枕梦中寻，梦又不成灯又烬。

蝶恋花

庭院深深深几许，杨柳堆烟，帘幕无重数。玉勒雕鞍游冶处，楼高不见章台路。

雨横风狂三月暮，门掩黄昏，无计留春住。泪眼问花花不语，乱红飞过秋千去。

朝中措·平山堂

平山栏槛倚晴空，山色有无中。

手种堂前垂柳，别来几度春风？

文章太守，挥毫万字，一饮千钟。

行乐直须年少，尊前看取衰翁。

踏莎行

候馆梅残，溪桥柳细。草熏风暖摇征辔。离愁渐远渐无穷，迢迢不断如春水。

寸寸柔肠，盈盈粉泪。楼高莫近危阑倚。平芜尽处是春山，行人更在春山外。

卜算子·送鲍浩然之浙东

【宋】王观

水是眼波横，山是眉峰聚。欲问行人去那边？眉眼盈盈处。
才始送春归，又送君归去。若到江南赶上春，千万和春住。

水是眼波横　山是眉峰聚　欲问行人去那边　眉眼盈盈处

仇英

江城子

【宋】苏轼

十年生死两茫茫，不思量，自难忘。千里孤坟，无处话凄凉。纵使相逢应不识，尘满面，鬓如霜。

夜来幽梦忽还乡，小轩窗，正梳妆。相顾无言，唯有泪千行。料得年年肠断处，明月夜，短松冈。

水调歌头·黄州快哉亭赠张偓佺

【宋】苏轼

落日绣帘卷，亭下水连空。知君为我新作，窗户湿青红。长记平山堂上，欹枕江南烟雨，杳杳没孤鸿。认得醉翁语，“山色有无中”。

一千顷，都镜净，倒碧峰。忽然浪起，掀舞一叶白头翁。堪笑兰台公子，未解庄生天籁，刚道有雌雄。一点浩然气，千里快哉风。

玉壶月朗咏梅花
子卿画十二楼

【宋】苏轼

蝶恋花·春景

花褪残红青杏小。燕子飞时，绿水人家绕。枝上柳绵吹又少，天涯何处无芳草。
墙里秋千墙外道。墙外行人，墙里佳人笑。笑渐不闻声渐悄，多情却被无情恼。

临江仙·送钱穆父

一别都门三改火，天涯踏尽红尘。依然一笑作春温。无波真古井，有节是秋筠。
惆怅孤帆连夜发，送行淡月微云。尊前不用翠眉颦。人生如逆旅，我亦是行人。

高山流水
鐵梅

。【宋】苏轼

卜算子·黄州定慧院寓居作

缺月挂疏桐，漏断人初静。谁见幽人独往来，缥缈孤鸿影。

惊起却回头，有恨无人省。拣尽寒枝不肯栖，寂寞沙洲冷。

鹧鸪天

林断山明竹隐墙。乱蝉衰草小池塘。翻空白鸟时时见，照水红蕖细细香。

村舍外，古城旁。杖藜徐步转斜阳。殷勤昨夜三更雨，又得浮生一日凉。

佳句吟成入錦囊
子卿寫十二樓製

行香子·述怀

【宋】苏轼

清夜无尘，月色如银。酒斟时、须满十分。浮名浮利，虚苦劳神。叹隙中驹，石中火，梦中身。

虽抱文章，开口谁亲。且陶陶、乐尽天真。几时归去，作个闲人。对一张琴，一壶酒，一溪云。

水龙吟

【宋】苏轼

似花还似非花，也无人惜从教坠。抛家傍路，思量却是，无情有思。萦损柔肠，困酣娇眼，欲开还闭。梦随风万里，寻郎去处，又还被、莺呼起。

不恨此花飞尽，恨西园、落红难缀。晓来雨过，遗踪何在？一池萍碎。春色三分，二分尘土，一分流水。细看来，不是杨花，点点是离人泪。

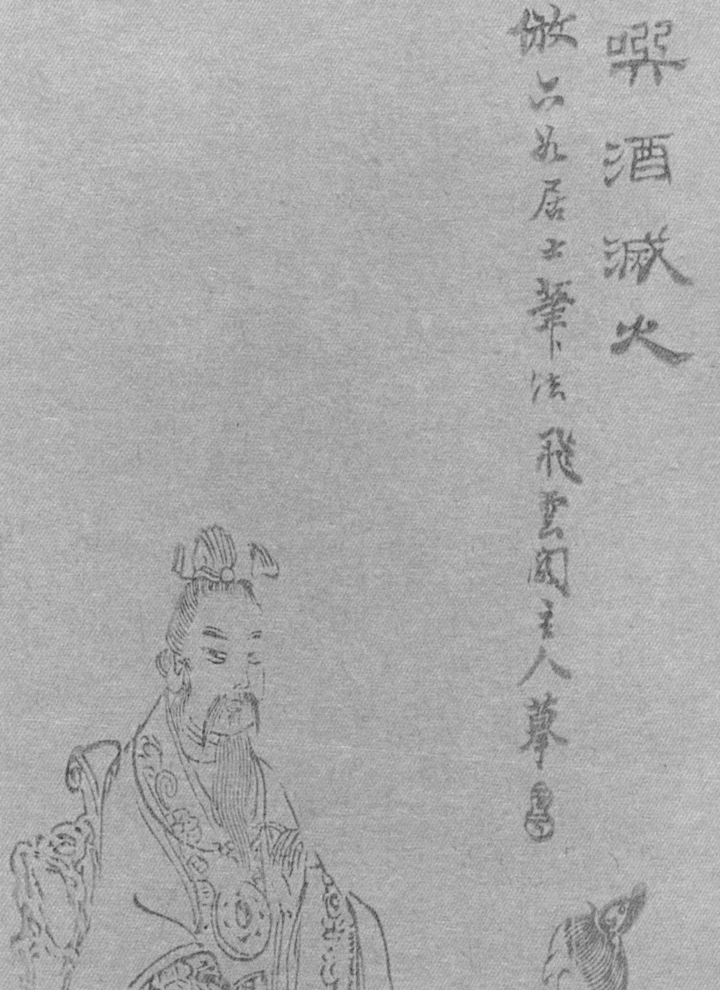
噀酒滅火
倣呂紀居士筆法 飛雲閣主人摹

竹杖芒鞋轻胜马
谁怕
一蓑烟雨任平生

定风波·莫听穿林打叶声

【宋】苏轼

三月七日，沙湖道中遇雨。雨具先去，同行皆狼狈，余独不觉，已而遂晴，故作此词。

莫听穿林打叶声，何妨吟啸且徐行。竹杖芒鞋轻胜马，谁怕？一蓑烟雨任平生。

料峭春风吹酒醒，微冷，山头斜照却相迎。回首向来萧瑟处，归去，也无风雨也无晴。

举杯邀月

临江仙

【宋】苏轼

夜饮东坡醒复醉，归来仿佛三更。家童鼻息已雷鸣。敲门都不应，倚杖听江声。

长恨此身非我有，何时忘却营营。夜阑风静縠纹平。小舟从此逝，江海寄余生。

江城子·密州出猎

【宋】苏轼

老夫聊发少年狂，左牵黄，右擎苍，锦帽貂裘，千骑卷平冈。为报倾城随太守，亲射虎，看孙郎。
酒酣胸胆尚开张，鬓微霜，又何妨！持节云中，何日遣冯唐？会挽雕弓如满月，西北望，射天狼。

临江仙

【宋】晏几道

梦后楼台高锁，酒醒帘幕低垂。去年春恨却来时。落花人独立，微雨燕双飞。
记得小苹初见，两重心字罗衣。琵琶弦上说相思。当时明月在，曾照彩云归。

落花人独立
微雨燕双飞

落花人獨立微雨燕雙飛

翁之乐也
得之心
寓之酒也

瑞鹤仙

【宋】黄庭坚

环滁皆山也。望蔚然深秀，琅琊山也。山行六七里，有翼然泉上，醉翁亭也。翁之乐也。得之心、寓之酒也。更野芳佳木，风高日出，景无穷也。

游也。山肴野蔌，酒洌泉香，沸筹觥也。太守醉也。喧哗众宾欢也。况宴酣之乐、非丝非竹，太守乐其乐也。问当时、太守为谁，醉翁是也。

宋人詩意

於春申浦上飛雲閣

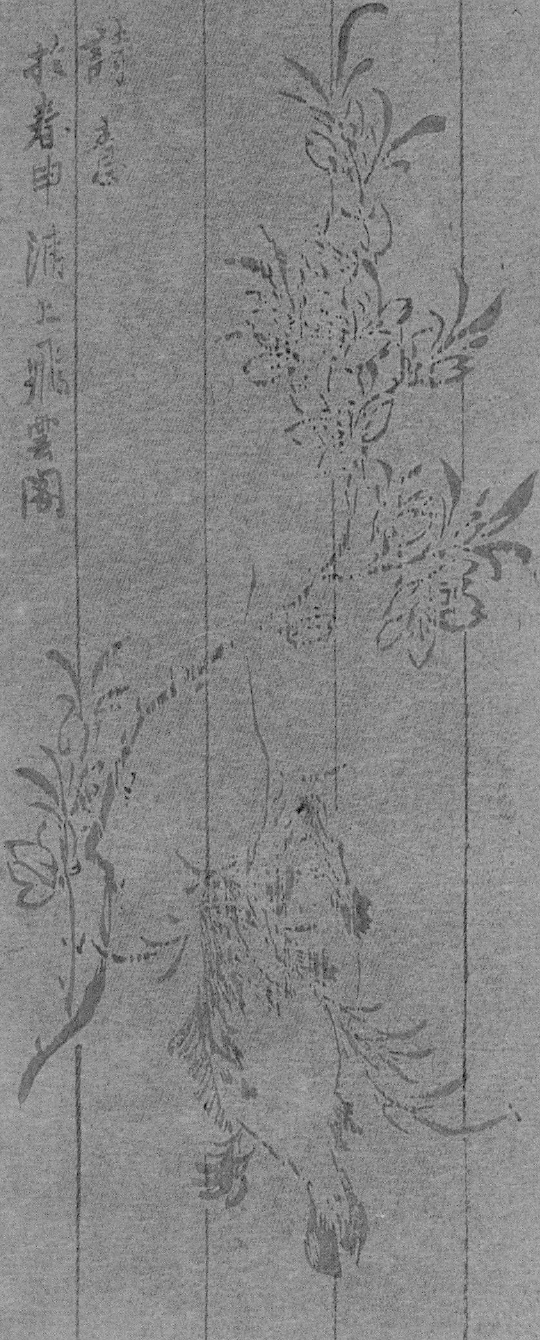

若有人知春去处
唤取归来同住

清平乐·春归何处

【宋】黄庭坚

春归何处。寂寞无行路。若有人知春去处。唤取归来同住。
春无踪迹谁知。除非问取黄鹂。百啭无人能解，因风飞过蔷薇。

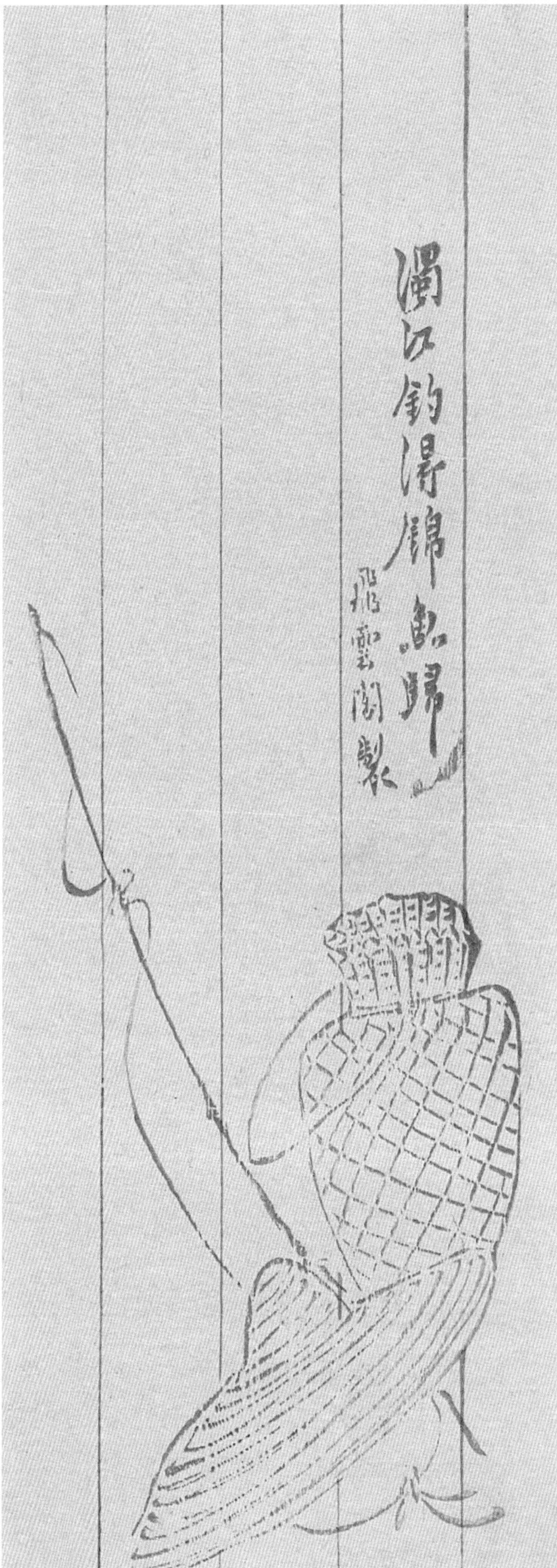
濁江釣得錦魚歸
飛雲閣製

只愿君心似我心
定不负
相思意

卜算子

【宋】李之仪

我住长江头，君住长江尾。日日思君不见君，共饮长江水。
此水几时休，此恨何时已。只愿君心似我心，定不负，相思意。

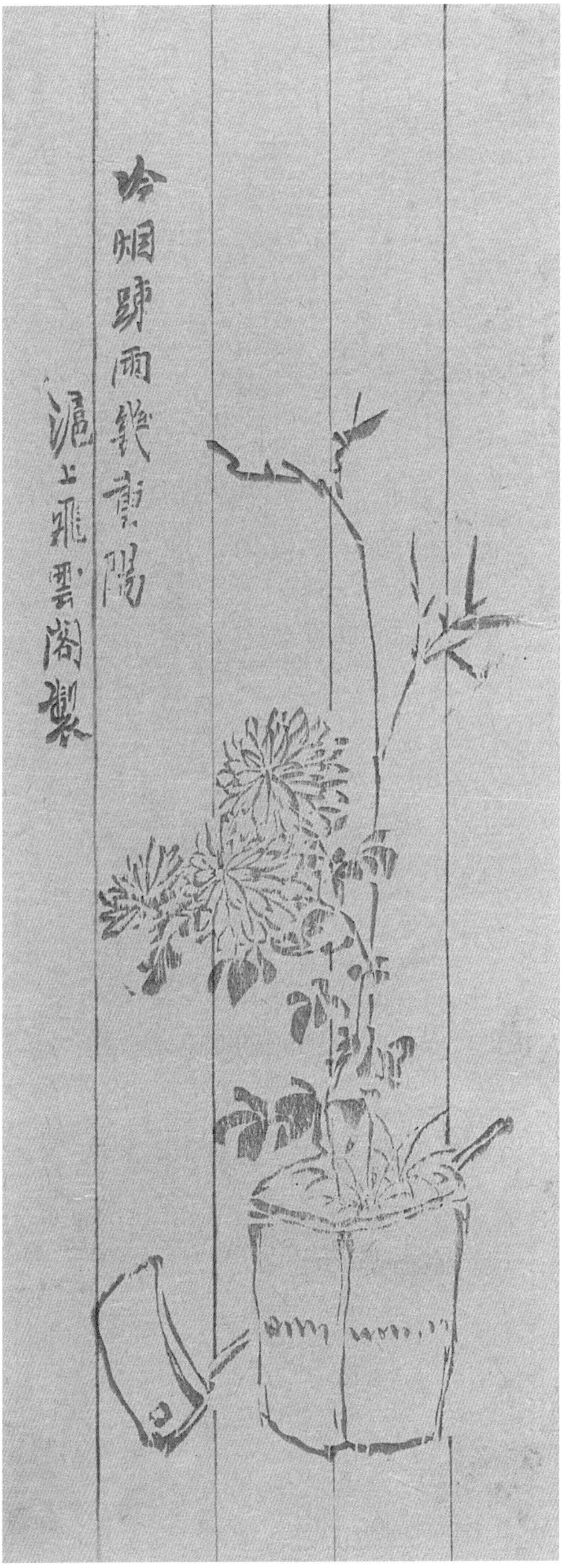
冷烟踈雨鐵畫陽
滬上飛雲閣製

山抹微云
天连衰草
画角声断谯门

斜阳外
寒鸦万点
流水绕孤村

满庭芳

【宋】秦观

山抹微云，天连衰草，画角声断谯门。暂停征棹，聊共引离尊。多少蓬莱旧事，空回首、烟霭纷纷。斜阳外，寒鸦万点，流水绕孤村。

销魂。当此际，香囊暗解，罗带轻分。谩赢得、青楼薄幸名存。此去何时见也，襟袖上、空惹啼痕。伤情处，高城望断，灯火已黄昏。

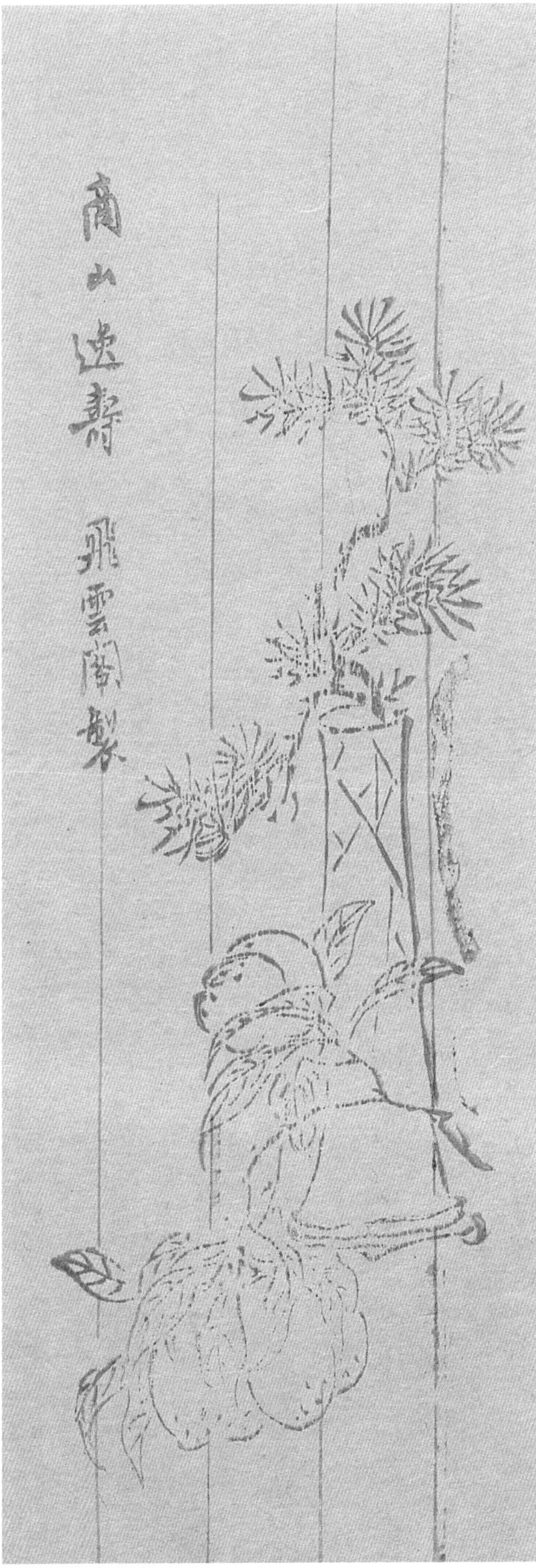
商山遐壽
飛雲閣製

。【宋】秦观

浣溪沙

漠漠轻寒上小楼，晓阴无赖似穷秋。淡烟流水画屏幽。

自在飞花轻似梦，无边丝雨细如愁。宝帘闲挂小银钩。

鹊桥仙

纤云弄巧，飞星传恨，银汉迢迢暗度。金风玉露一相逢，便胜却人间无数。

柔情似水，佳期如梦，忍顾鹊桥归路。两情若是久长时，又岂在朝朝暮暮。

踏莎行

雾失楼台，月迷津渡。桃源望断无寻处。可堪孤馆闭春寒，杜鹃声里斜阳暮。

驿寄梅花，鱼传尺素。砌成此恨无重数。郴江幸自绕郴山，为谁流下潇湘去。

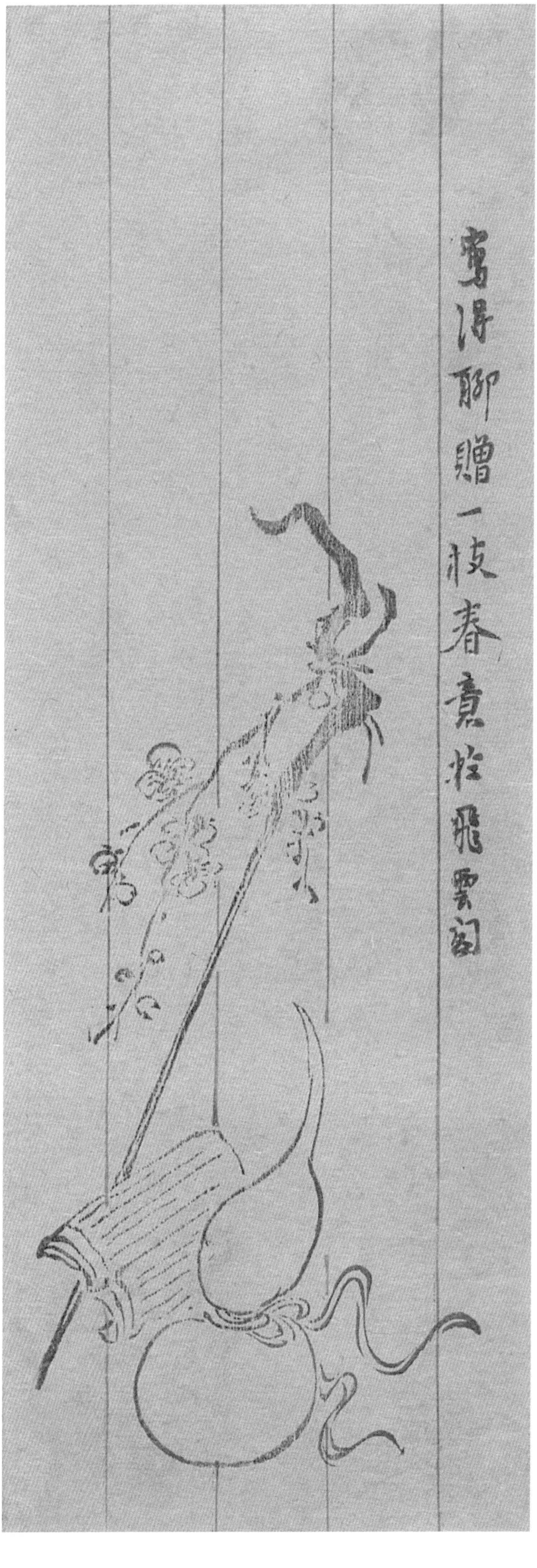
寄得聊贈一枝春意於飛雲閣

一川烟草
满城风絮
梅子黄时雨

青玉案

【宋】贺铸

凌波不过横塘路，但目送，芳尘去。锦瑟华年谁与度？月台花榭，琐窗朱户，只有春知处。

碧云冉冉蘅皋暮，彩笔新题断肠句。试问闲愁都几许？一川烟草，满城风絮，梅子黄时雨。

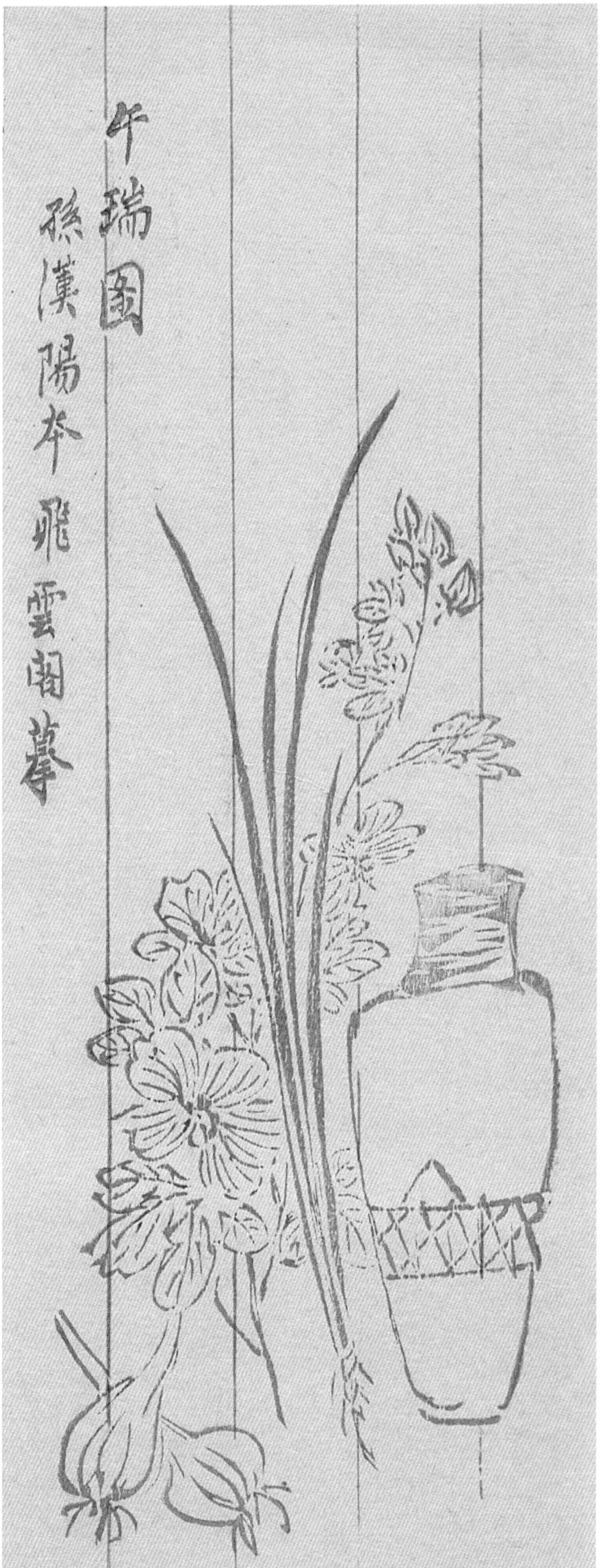
午瑞圖
孫漢陽本 飛雲閣摹

不请长缨
系取天骄种
剑吼西风

六州歌头

【宋】贺铸

少年侠气，交结五都雄。肝胆洞，毛发耸。立谈中，死生同。一诺千金重。推翘勇，矜豪纵。轻盖拥，联飞鞚，斗城东。轰饮酒垆，春色浮寒瓮。吸海垂虹。闲呼鹰嗾犬，白羽摘雕弓。狡穴俄空。乐匆匆。

似黄粱梦，辞丹凤，明月共，漾孤篷。官冗从，怀倥偬，落尘笼，簿书丛。鹖弁如云众，供粗用，忽奇功。笳鼓动，渔阳弄，思悲翁。不请长缨，系取天骄种，剑吼西风。恨登山临水，手寄七弦桐，目送归鸿。

叶上初阳干宿雨
水面清圆
一一风荷举

苏幕遮

【宋】周邦彦

燎沉香，消溽暑。鸟雀呼晴，侵晓窥檐语。叶上初阳干宿雨，水面清圆，一一风荷举。

故乡遥，何日去。家住吴门，久作长安旅。五月渔郎相忆否。小楫轻舟，梦入芙蓉浦。

趙幹春林曲鴨圖
大隆

万里东风
国破山河落照红

减字木兰花

【宋】朱敦儒

刘郎已老，不管桃花依旧笑。
要听琵琶，重院莺啼觅谢家。
曲终人醉，多似浔阳江上泪。
万里东风，国破山河落照红。

山市晴岚

梧桐叶上三更雨
叶叶声声是别离

鹧鸪天

【宋】周紫芝

一点残红欲尽时。乍凉秋气满屏帏。
梧桐叶上三更雨，叶叶声声是别离。
调宝瑟，拨金猊。那时同唱鹧鸪词。
如今风雨西楼夜，不听清歌也泪垂。

王右軍小象 餘伯摹古

怎一个愁字了得

声声慢

【宋】李清照

寻寻觅觅，冷冷清清，凄凄惨惨戚戚。乍暖还寒时候，最难将息。三杯两盏淡酒，怎敌他、晚来风急？雁过也，正伤心，却是旧时相识。

满地黄花堆积。憔悴损，如今有谁堪摘？守着窗儿，独自怎生得黑？梧桐更兼细雨，到黄昏、点点滴滴。这次第，怎一个愁字了得！

一剪梅 【宋】李清照

红藕香残玉簟秋。轻解罗裳，独上兰舟。云中谁寄锦书来，雁字回时，月满西楼。

花自飘零水自流。一种相思，两处闲愁。此情无计可消除，才下眉头，却上心头。

如梦令 【宋】李清照

昨夜雨疏风骤，浓睡不消残酒。试问卷帘人，却道海棠依旧。

知否，知否？应是绿肥红瘦。

醉花阴

【宋】李清照

薄雾浓云愁永昼，瑞脑消金兽。佳节又重阳，玉枕纱橱，半夜凉初透。
东篱把酒黄昏后，有暗香盈袖。莫道不消魂，帘卷西风，人比黄花瘦。

武陵春

【宋】李清照

风住尘香花已尽，日晚倦梳头。物是人非事事休，欲语泪先流。
闻说双溪春尚好，也拟泛轻舟。只恐双溪舴艋舟，载不动，许多愁。

杏花疏影里
吹笛到天明

临江仙

【宋】陈与义

忆昔午桥桥上饮，坐中多是豪英。长沟流月去无声。杏花疏影里，吹笛到天明。

二十余年如一梦，此身虽在堪惊。闲登小阁看新晴。古今多少事，渔唱起三更。

趙子昂善画馬
出其不意惟天書
地　乱の之製

欲将心事付瑶琴
知音少
弦断有谁听

小重山

【宋】岳飞

昨夜寒蛩不住鸣。惊回千里梦，已三更。起来独自绕阶行。人悄悄，帘外月胧明。

白首为功名。旧山松竹老，阻归程。欲将心事付瑶琴。知音少，弦断有谁听。

庚子仲春月子祥寫

红酥手
黄縢酒
满城春色宫墙柳

钗头凤

【宋】陆游

红酥手，黄縢酒，满城春色宫墙柳。东风恶，欢情薄。一怀愁绪，几年离索。错、错、错！

春如旧，人空瘦，泪痕红浥鲛绡透。桃花落，闲池阁。山盟虽在，锦书难托。莫、莫、莫！

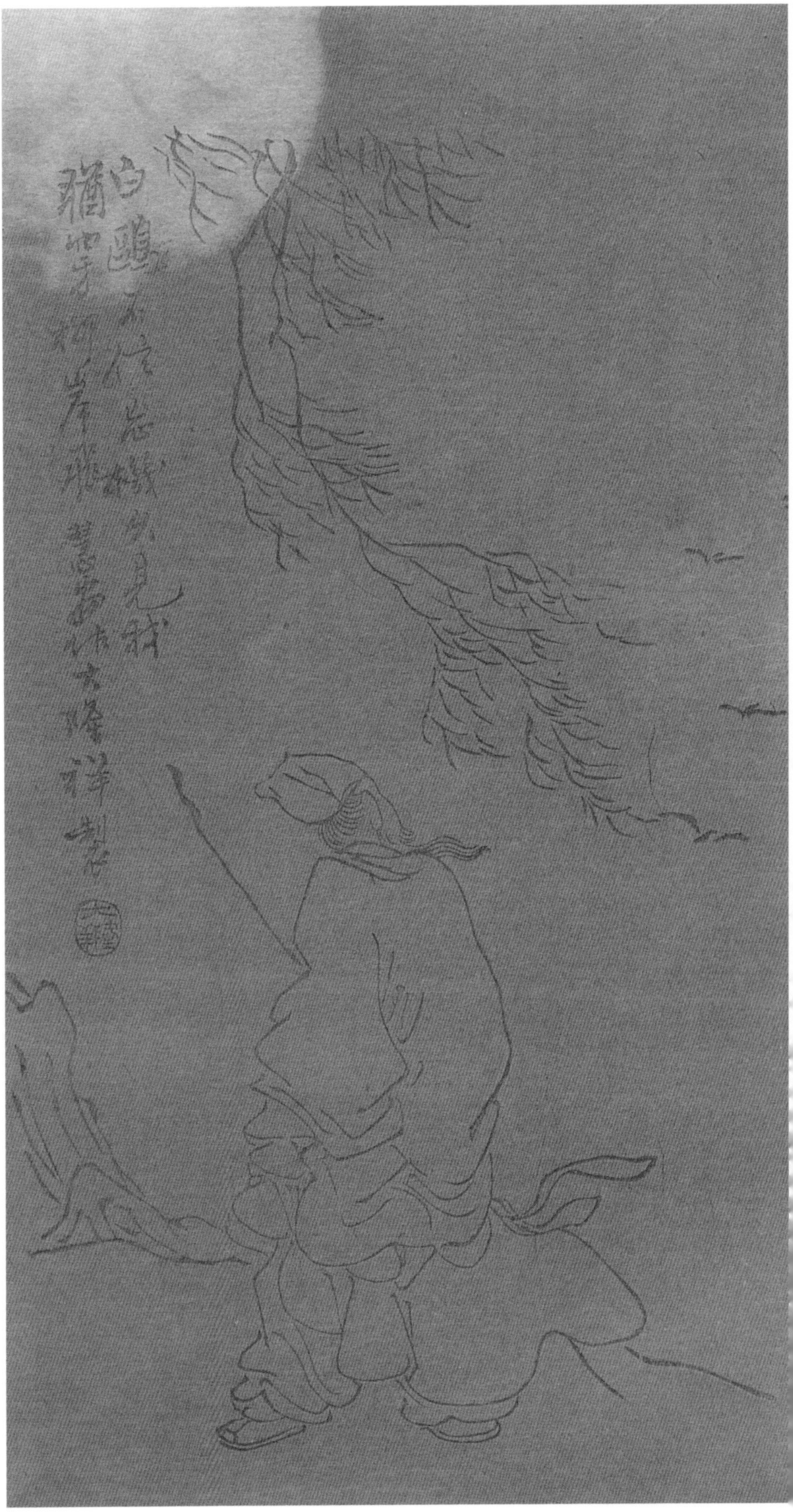

无意苦争春
一任群芳妒

卜算子

【宋】陆游

驿外断桥边，寂寞开无主。已是黄昏独自愁，更着风和雨。
无意苦争春，一任群芳妒。零落成泥碾作尘，只有香如故。

已得琴中趣无劳
絃上彈
煊宜侯外史写
大隆祥制衣
大隆祥

把酒送春春不语
黄昏却下潇潇雨

蝶恋花·送春

【宋】朱淑真

楼外垂杨千万缕，欲系青春，少住春还去。犹自风前飘柳絮，随春且看归何处。

绿满山川闻杜宇，便做无情，莫也愁人苦。把酒送春春不语，黄昏却下潇潇雨。

坡翁笠屐圖
餘伯寫

世情薄
人情恶
雨送黄昏花易落

钗头凤

【宋】唐婉

世情薄，人情恶，雨送黄昏花易落。晓风干，泪痕残。欲笺心事，独语斜阑。难，难，难！

人成各，今非昨，病魂常似秋千索。角声寒，夜阑珊。怕人寻问，咽泪装欢。瞒，瞒，瞒！

玉壶外史

【宋】辛弃疾

青玉案·元夕

东风夜放花千树，更吹落，星如雨。宝马雕车香满路。凤箫声动，玉壶光转，一夜鱼龙舞。

蛾儿雪柳黄金缕，笑语盈盈暗香去。众里寻他千百度，蓦然回首，那人却在，灯火阑珊处。

破阵子·为陈同甫赋壮词以寄之

醉里挑灯看剑，梦回吹角连营。八百里分麾下炙，五十弦翻塞外声。沙场秋点兵。

马作的卢飞快，弓如霹雳弦惊。了却君王天下事，赢得生前身后名。可怜白发生！

西江月·遣兴

醉里且贪欢笑，要愁那得工夫。近来始觉古人书，信着全无是处。

昨夜松边醉倒，问松我醉何如。只疑松动要来扶。以手推松曰去。

菩萨蛮·金陵赏心亭为叶丞相赋

青山欲共高人语。联翩万马来无数。烟雨却低回。望来终不来。

人言头上发。总向愁中白。拍手笑沙鸥，一身都是愁。

菩萨蛮·书江西造口壁

郁孤台下清江水，中间多少行人泪。西北望长安，可怜无数山。

青山遮不住，毕竟东流去。江晚正愁余，山深闻鹧鸪。

玉楼春·戏赋云山

何人半夜推山去？四面浮云猜是汝。常时相对两三峰，走遍溪头无觅处。

西风瞥起云横度，忽见东南天一柱。老僧拍手笑相夸，且喜青山依旧住。

丑奴儿·书博山道中壁

少年不识愁滋味，爱上层楼。爱上层楼，为赋新词强说愁。

而今识尽愁滋味，欲说还休。欲说还休，却道天凉好个秋。

梁鞠圃 仿陳章侯雜法餘耶

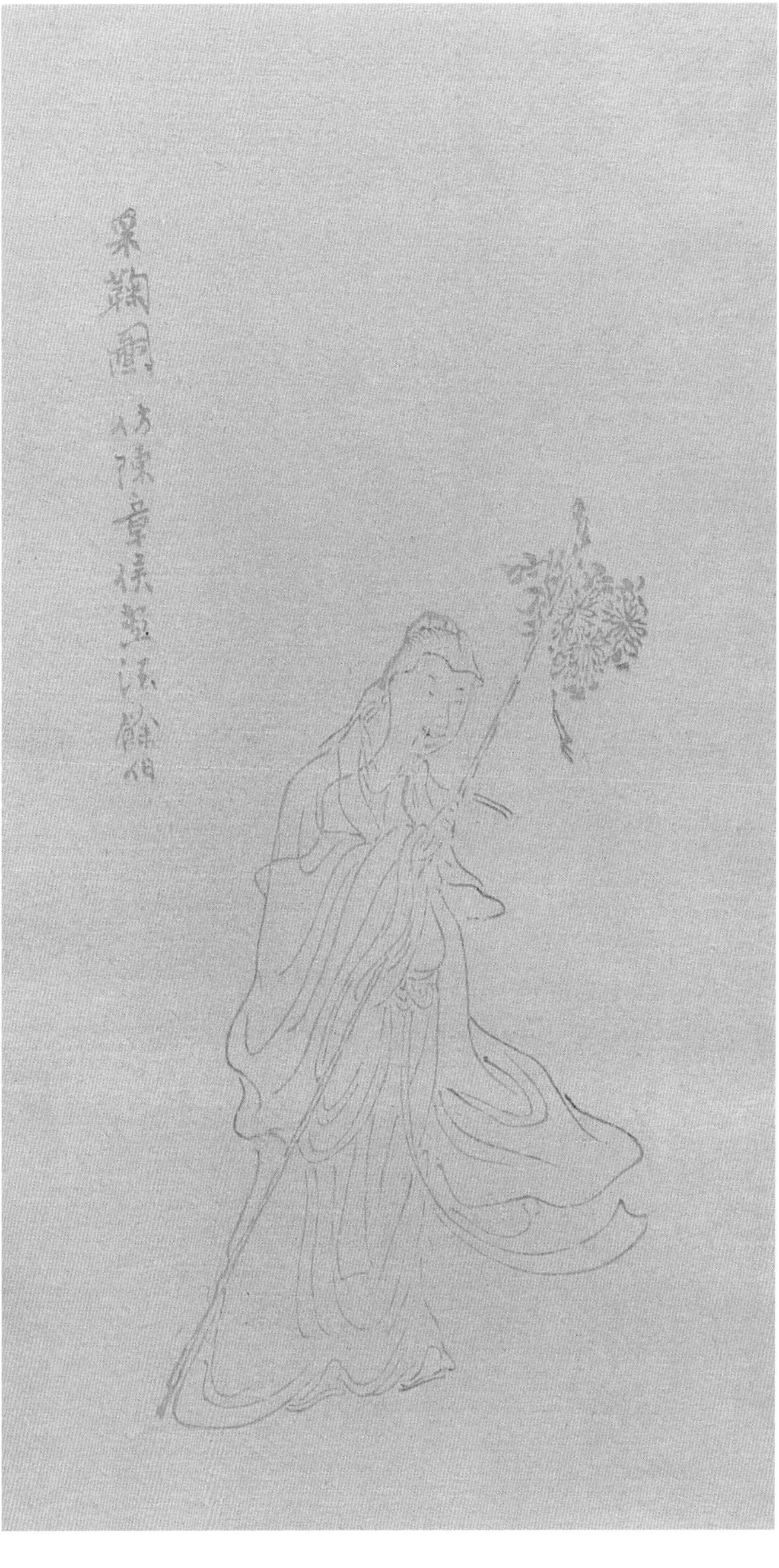

把吴钩看了
栏杆拍遍
无人会
登临意

水龙吟·登建康赏心亭

【宋】辛弃疾

楚天千里清秋，水随天去秋无际。遥岑远目，献愁供恨，玉簪螺髻。落日楼头，断鸿声里，江南游子。把吴钩看了，栏杆拍遍，无人会，登临意。

休说鲈鱼堪脍，尽西风，季鹰归未？求田问舍，怕应羞见，刘郎才气。可惜流年，忧愁风雨，树犹如此！倩何人唤取，红巾翠袖，揾英雄泪！

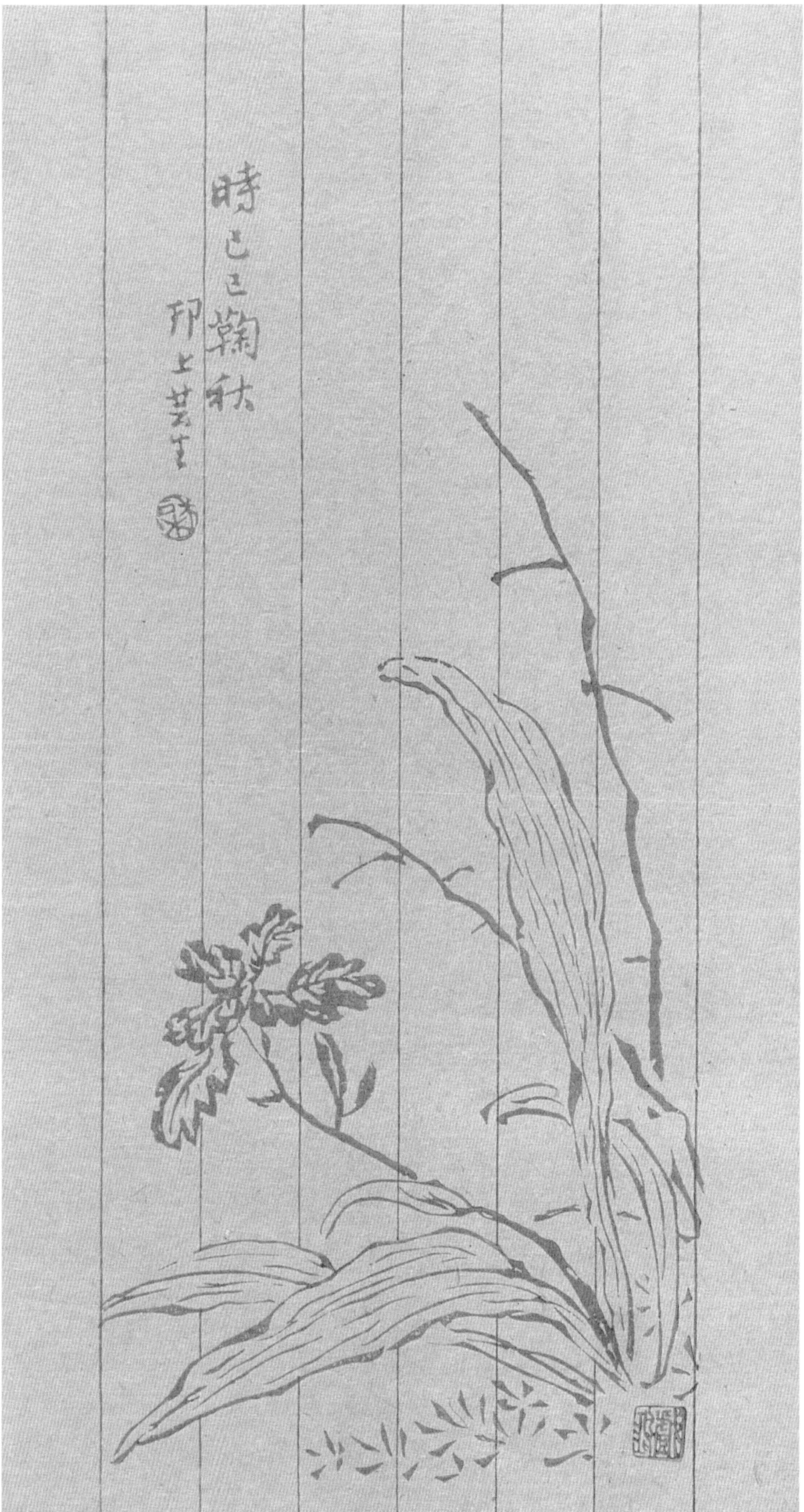
時己巳鞠秋
印上芸生

午醉醒时
松窗竹户
万千潇洒

丑奴儿·博山道中效李易安体

【宋】辛弃疾

千峰云起，骤雨一霎儿价。更远树斜阳，风景怎生图画。青旗卖酒，山那畔、别有人家，只消山水光中，无事过这一夏。

午醉醒时，松窗竹户，万千潇洒。野鸟飞来，又是一般闲暇。却怪白鸥，觑着人、欲下未下。旧盟都在，新来莫是，别有说话。

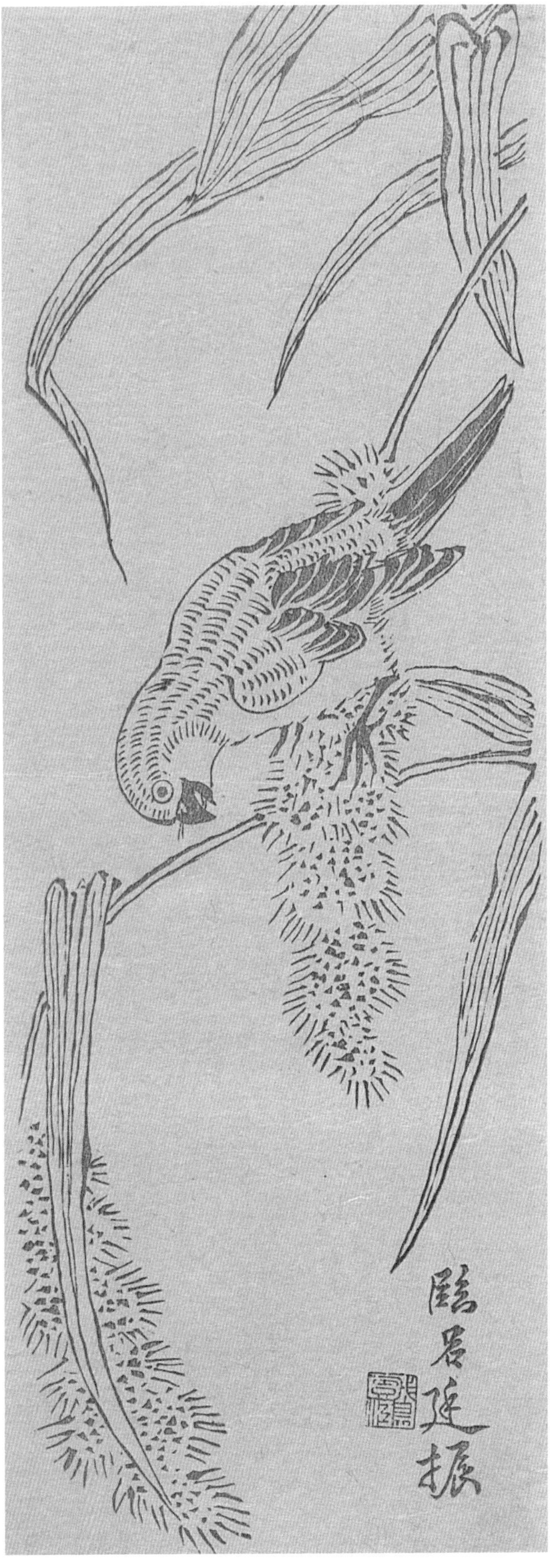
臨呂廷振

老来情味减
对别酒
惜流年

木兰花慢·滁州送范倅

【宋】辛弃疾

老来情味减，对别酒，怯流年。况屈指中秋，十分好月，不照人圆。无情水都不管；共西风、只管送归船。秋晚莼鲈江上，夜深儿女灯前。

征衫，便好去朝天，玉殿正思贤。想夜半承明，留教视草，却遣筹边。长安故人问我，道愁肠殢酒只依然。目断秋霄落雁，醉来时响空弦。

玉带晴虹
仿石谷本

二十四桥仍在
波心荡
冷月无声

扬州慢·淮左名都

【宋】姜夔

淳熙丙申至日，予过维扬。夜雪初霁，荠麦弥望。入其城，则四顾萧条，寒水自碧，暮色渐起，戍角悲吟。予怀怆然，感慨今昔，因自度此曲。千岩老人以为有“黍离”之悲也。

淮左名都，竹西佳处，解鞍少驻初程。过春风十里，尽荠麦青青。自胡马窥江去后，废池乔木，犹厌言兵。渐黄昏，清角吹寒，都在空城。

杜郎俊赏，算而今、重到须惊。纵豆蔻词工，青楼梦好，难赋深情。二十四桥仍在，波心荡，冷月无声。念桥边红药，年年知为谁生。

浙江秋涛图

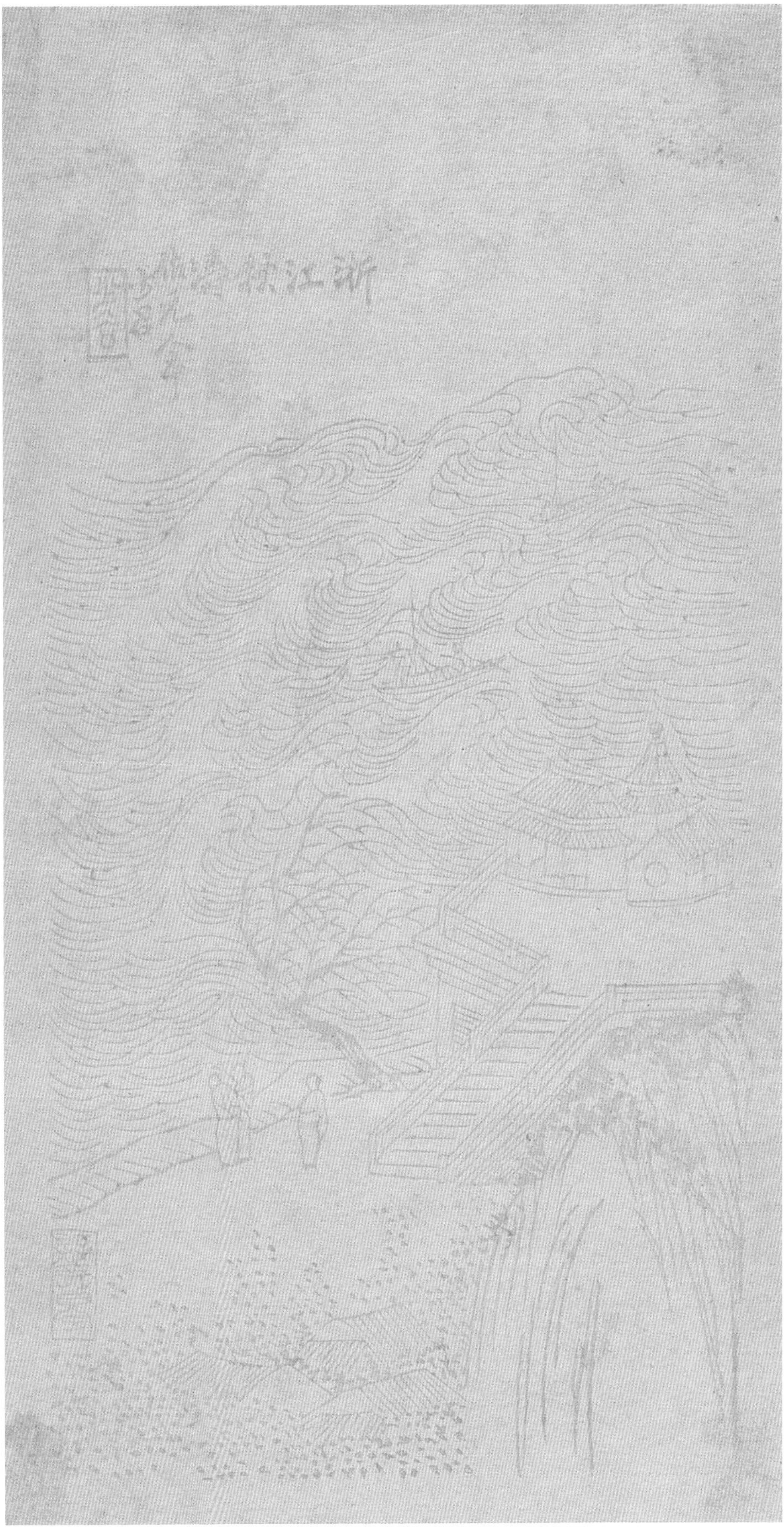

数峰清苦
商略黄昏雨

点绛唇·丁未冬过吴松作

【宋】姜夔

燕雁无心，太湖西畔随云去。数峰清苦，商略黄昏雨。

第四桥边，拟共天随住。今何许？凭阑怀古，残柳参差舞。

高树晚蝉　说西风消息
梁水陌　鱼浪吹香　红衣半狼藉

惜红衣·吴兴荷花

【宋】姜夔

枕簟邀凉，琴书换日，睡余无力。细洒冰泉，并刀破甘碧。墙头唤酒，谁问讯、城南诗客。岑寂，高树晚蝉，说西风消息。

虹梁水陌，鱼浪吹香，红衣半狼藉。维舟试望，故国渺天北。可惜柳边沙外，不共美人游历。问甚时同赋，三十六陂秋色？

茂叔玩蓮

青玉案·年年社日停针线

【宋】黄公绍

年年社日停针线。怎忍见、双飞燕。今日江城春已半。一身犹在，乱山深处，寂寞溪桥畔。

春衫着破谁针线。点点行行泪痕满。落日解鞍芳草岸。花无人戴，酒无人劝，醉也无人管。

虞美人·听雨

【宋】蒋捷

少年听雨歌楼上。红烛昏罗帐。壮年听雨客舟中。江阔云低、断雁叫西风。

而今听雨僧庐下。鬓已星星也。悲欢离合总无情。一任阶前、点滴到天明。

图书在版编目（C I P）数据

大美诗笺 / 金墨主编 . -- 北京 : 线装书局 ,2018.1
ISBN 978-7-5120-2968-2

Ⅰ . ①大… Ⅱ . ①金… Ⅲ . ①古典诗歌 – 诗集 – 中国 – 唐宋时期②中国画 – 作品集 – 中国 – 明清时代 Ⅳ . ① I222 ② J222.4

中国版本图书馆 CIP 数据核字（2017）第 279010 号

大美诗笺

主　　编：金　墨
责任编辑：赵　鹰
装帧设计：北京新水墨文化发展有限公司
出版发行：线装书局
　　　　　地　址：北京市丰台区方庄日月天地大厦 B 座 17 层（100078）
　　　　　电　话：010–58077126（发行部）010–58076938（总编室）
　　　　　网　址：www.zgxzsj.com
经　　销：新华书店
印　　制：北京圣彩虹制版印刷技术有限公司
开　　本：889mm × 1194mm　　1/24
印　　张：13.5
字　　数：16 千字
版　　次：2018 年 1 月第 1 版第 1 次印刷
印　　数：00001–30000 册

线装书局官方微信

定　　价：128.00 元